三枝子歌集

SUNAGOYA SHOBŌ

現代短歌文庫

砂子屋書房

丸山三枝子歌集☆目次

『街路』（全篇）

I

歌論・エッセイ

解説

丸山三枝子歌集

『街路』（全篇）

I

おもむろに

ゆっくりと首を回せば首が鳴るわたしの中
のいびつななにか

かろうじて持ちこたえつつぬばたまの目眩
ふとしも陶酔に似る

地下二階通路に拾いし金の葉のいちょう一
枚なまなまとせり

ひらひらと散り始めしがここに来てなだる
るごとし銀杏の落葉

日の丸の旗傾きて立ててあるかたわら過ぎ
て振り返り見つ

旅立ちの朝《あした》のようにおもむろに枝より離れ
ゆくひと葉ある

いただきし手紙葉書の累々と重なり合える
くらがりがある

うらうらに照れる春日の部屋すみに積み置
かれたる本の呻吟

取り返しつかぬ思いにカレンダー剝がしているよ晦日はいつも

とりわけて

水玉の傘さしてゆく一年をプラハにありて帰って来た傘

汐見坂海は見えねどここのえの大都市東京とおくけぶれり

鯉たちはかたまり合いて静かなり緋鯉の下に金の鯉いる

いにしえの松の廊下は何処《いずこ》かと問えばあなたが歩みゆくここ

三つ巴ふたつ巴の大太鼓左右《さう》に陣取り奏者を待てり

鳥兜の尖りひたりと揃いつつ雅楽双鼻麗《そうびらい》ゆるやかな舞

とりわけて今年の秋は宮内庁式部職楽部の笙の笛の音

ほとりに持つ

川四つ超えて朝々出勤す負けず嫌いの撥ねるオフィスへ

とうとつに天下り来し客人《まれびと》を専務と呼びてお仕え申す

十一の湯呑み茶碗を配りゆく巡礼のごと行き戻りして

くしゃくしゃと髪かき混ぜて訴える若き眼《まなこ》をほとりに持てり

ふたひらの耳に二つずつ穴空けて四つのひかり掲げ歩くよ

切り取ったように閑かなひとときが日に幾たびかオフィスにある

水槽のめだかのたまご　大方は死んでしまう卵　みな光りいる

日々通る野鳥の会のオフィスに老若男女たまさか集う

どこで食べても同じだけれどと言いながら国際フォーラムのうどん屋に来る

一昨日《おととい》の雨が窪みにひかりいる　転勤の彼
は今日からいない

聖人の風情をたたえ伏す犬と朝な夕なにま
なこを交わす

酒店「らく楽」

耐震補強工事の進むわがビルが夕映えの空
背にして立てり

酌みながら語らいながら心底の憤怒を君は
弄ぶらし

ひとしきり人こき下ろしいくばくか心足り
しというのでもなし

早く逝く人と思わず避けたりきうちつけに
来るアルトの声を

話し声左右《さう》にさざめきいたりしが右卓どっ
と異国語わらう

満月がしたたるような夏の夜しっぽを出し
て歩いてゆかな

下りゆくこの坂道は八月の膨らむ闇へすっぽりと入る

街　路

丸の内仲通りが好き彫刻の〈根も葉もない木〉にしろがねの雨

ブロンズはバレリーナに替えられて五月となりし街路かたぶく

並び立つビルの合間に眺めゆくひと続きなる皇居のみどり

夏の葉をばさりと落とすプラタナス日常のことふと遠ざかる

まっすぐに立っていた向日葵がだんだんやけくそになってくる

たたなずく羅紗みぎ肩に積み上げてたたたたと行く痩身短軀

つと突けば時雨来そうな曇天の街路行くなりさよなら九月

デパートの屋上に人の影動きほどなくする
するると垂れ幕下がる

何となく登りて来たる屋上に風を集めてわ
れがはためく

東京駅地下街の花舗に売れ残る白濁色のス
トックを買う

「生長量調査木」の札ぶら下げて街路に並ぶ
公孫樹の裸木

南部風鈴

みなもとは七時雨山《ななしぐれやま》　二百キロを下りし北
上川がきらめく

北の雲走りに走り岩手山の胸より上をひと
とき隠す

みちのくの顔の小さな向日葵がみんな笑っ
て、カメラ失くした

借金を乞いいる書簡数通も展示されおり啄
木記念館

ここのつの音色つぎつぎ確かめて判らなく
なる南部風鈴

選ばれしものは閉けし羽黒山千年杉にたな
ごころ当つ

裸足《はだし》にて湯の岩を踏む湯殿山　物見遊山の
足うら熱し

足もとにうぐいす聴きつつ県境リフトに越
ゆる夏の蔵王に

遠く来て芭蕉が詠みしひかり堂　新幹線で
われは来たりし

湖の深きところに伏流のあるらしゆっくり
水面は動く

若からぬ家族三人とおく来て浄土が浜の渚
にあそぶ

葉ざくらなれど

日本海を縦断しゆく台風の尾がかすめゆく
下田の港

波の上《へ》に立てる白きは第三管区海上保安部庁舎と言えり

吊り橋の半ば行きつつわたくしを遮る何もない水のうえ

笛ながく吹きてとんびはゆきかえる陸と海との境を持たず

登り来てみどりなす谷一望す帽子ぽおんと放り投げたい

陶酔のガイドの声の抑揚の「駕籠でゆくのはお吉じゃないか」

時間厳守の乗降かさね来しはての定期観光バス発着所

海と山の間《あわい》に人家点在し山の側から翳りてゆくも

思川桜の札を足もとに据えて聳ゆる葉ざくらなれど

それなりに

眠たくてたまらない午後ほつりほつりどこかで梅が咲いてるだろう

ふりあおぐ視野のかぎりの白梅はふとしも春の空に溶けたり

頭のあおき鴨ふたつ池を滑りゆく等間隔につつつつとゆく

新しきこの卒塔婆が古きそれに同化してゆく歳月おもう

呼ばれいる読経の戒名淡けれどありありと顕つ亡き人の貌

気力もて身体曳きずり来しはははがいたく小さく上座に臨む

隔たれる会席にいてそれなりに談話保てる太郎を目守《まも》る

三回忌法要の儀をてきぱきと果たせる義姉《あね》の声が散りぼう

この席になにくれとなくそれとなく気遣う娘が忽然といき

あそこあそこと指されし彼方うっすらと縹《はなだ》なす虹とても短い

窓外に川の流るる山荘と言えばせせらぎ聴こゆるごとし

美しくなし

病室の下にみどりの神田川みず照りながら美しくなし

この上は看護師という若き手にわが身まるごと託すほかなし

五日間腰にひたりと張り付きし痛み剝がれてゆける暮れがた

あふれ咲く切り花のなか一輪の緋のガーベラが深く撓める

切り花の一本がふかく撓めるにしばしばもゆく我の意識は

規則的に届く病院食たべたくもなけれど規則的なれば待つ

病窓のたまものとして眺めおり東京ドームの上の夕映え

閑かなる病室に一人籠もりいてさまざまの音みみは聴き分く

この棟の何処かにしんと臥していん小渕恵三をしばらく想う

一九六八年購入の『智恵子抄』に根拠の見えぬ印いくつか

読み差しのわが本に来てこの蠅は羽を畳みてふかぶかといる

あなたより

から梅雨の崩るる頃に読み了えて一万二千句つくづく一茶

あなたよりたぶん高収入だからと言われ料金支払われいる

出張も今日かぎりにて更年期障害おもく職を辞すと言う

ダウン症の息子裕太に妹は吾の及ばぬ生をもらいぬ

傷ましき嘆きもあれどこそばゆく妹の歌読
みつぎてゆく

伏見なる深草ゆ来し大吟醸「松屋久兵衛」
甘露と酌めり

日本海の昏き波濤を分かち持つ従兄と思う
長き手紙に

「もーしもーし」もう酔っている声が来る南
紀有田の宵っぱりから

たまさかに窯焚き漁《すなど》る自由人もう何年も会
っていないマー坊

一心は疾駆してきてオリジナルカセットテ
ープ我の掌に落つ

言うなれば下半身デブの体型と言い辛そう
に民子を言えり

ささくれしこころ癒やすと仏頭図送り賜い
き大西民子氏

蘗ながき未央柳の花に降る雨できるだけや
わらかく降れ

しばしば濡れる

さっきからそらとぼけたるくわうくわうにわたしを諭す無名のカラス

暗がりのソファにきちんと掛けているラジオ聴くのに電気はいらぬと

行くたびに町医者の不足並べ立て規則正しく服用つづく

いきいきと悪口雑言吐《っ》くははのこころゆくまで悪人殖やす

とめどなき人の悪口聞きおれば吾はどのように叩かれていん

さよならと言いて自室へ引き上げるははなりこれより長き夜ならん

真夜中の酔いどれ荒き声これもわが携えてゆくべきひとつ

躁鬱のこもごも寄するぬばたまの渚に居ればしばしば濡れる

ごちゃごちゃと

母の掌の跡残りたるのし餅を切り分けてゆく世紀のはざま

二人子を産みし昭和をごちゃごちゃと携え二十一世紀に入る

一九〇一年九月与謝野鉄幹・鳳晶子結婚

一九〇一年世紀の始まりは鉄幹晶子にかがやきしいん

ゆうゆうの里の祝膳　鬼ごろし一本ずつがにこにこ立てり

退屈なあきさんの胸のブローチがときどき光る向こうの席に

大切の一人の口ゆ噴き出ずる吾の不実を詰るくさぐさ

老衰の象の話をしていたりこれから飛行機に乗る人と

東京駅遺失物係員に執着心が詰め寄っている

惻々と笑顔を運ぶパレードが我に近づくディズニーランドの

伴われ巡りゆきつつわたくしは東京ディズニーランドの異物

早春のディズニーランドに潜《もぐ》りゆき泳ぎていたり昨日は魚《うお》で

海　光

春を待つ伯母の指もて押されたる紫かたばみの葉書届きぬ

雪しまく故郷と聞けば春雪を呑み込みて昏きわれの海原

人容れぬなだりに白き山ざくら帰らねば匂うふるさとの山

貝採ると幼きわれは母の辺《へ》にはずみいたりき遠き岩原

ふわふわと伴われつつ八歳は三十路の母の若さ知らざりき

螢とぶ馬のばんばへ抜ける径が幾筋かありき夏の故郷に

猿山岬灯台へゆくみちすがら見え隠れして
海が光れり

ひねくれの原風景にくらぐらと波のはな飛
ぶ冬の岩原

水沼《みぬま》を仰ぐ

所在なくなる頃あらわれ黒田節唄わせて舞
えり光栄堯夫氏

くれなずむ千鳥ヶ淵のはなの界水の向こう
もこちらもさくら

半身を千鳥ヶ淵に投げ出してさくら咲きお
りあななましろく

春ごとにそぞろ来たりて匂う花に溺るる去《こ》
年《ぞ》のさくら忘れて

夕濛が風を呼ぶなりさくらさくらまだ新し
い花びらが降る

上ばかり見て踏み迷うさくらみち九段下か
ら半蔵門まで

ふり仰ぐさくらにさくら重なれりふかき水《み》沼《ぬま》を仰ぐと思う

みちびかれ潜り来たりし田安門の巨き柱を叩きて出ずる

春浅き吉野へゆくと、前登志夫尋ねてゆくと涼しかる声

約束

夕ぐれの卵割らんといたるとき電話は呼べり唐突の訃に

古びたる同人誌「海光」五号みずみずとせり君の言葉は

搬ばれてなきがらの君出でゆくを映像のごと見つめていたり

木の橋に屈みいたれば寄りて来てわれを潜りてゆけり緋の鯉

震えつつ夕日すさりぬ　かたくなに心閉ざしてきたりし半生

よき歌を詠みし君なりきっぱりと歌を離れて久しかりにき

遠い日の駅の茶房の一隅に余念なかりき歌のはなしに

夕雲の縁《へり》かがやけばきわやかな一艘の舟樹林はかかぐ

あたたかき言葉いただき別れ来て吾は濃やかならざりしかな

約束を果たさんと来て雨の中われは傘さし墓は濡れおり

雨　音

暮れがたの数十分を盗みいる　背もたれのない椅子に掛けいる

街灯に仄明るめる木のベンチ誰か座れと促しはじむ

土に落ち一度小さく身じろぎぬ死んだばかりの藪つばき

ガレージの一台分が空いている太郎不在の暗がりとして

花終えてやぶれかぶれのシクラメンが玄関にまず吾を迎える

ぱっくりと鍋に口空けし蛤の鬱屈はたちまち喰われてしまう

言い分を溜めいるこの子フォーク持てばとりあえず肉に専心するらし

たんねんに顔洗いいる一日中ひとに晒してきたりける貌

音立てて雨降り出ずる　雨音はわが領域の音を統べたり

塩の道

ふか草の苦しかりにき塩の道二〇〇一年の夏日に乾く

道祖神うらうら数えなずみゆく安曇野のさと梓川村

岩山をかもしか跳べり細き脚宙にふかく折りて跳びたり

昼も夜もせせらぎを聴く月見草　吾妻川の河原に生えて

左足をかならず先に出して進む少年が川を渡り切るまで

高山陣屋の白洲の低き一郭は寒々しけれどの部屋よりも

ものぐらく歳月は溜まりいたりけり合掌造りの家屋を巡る

細々《こまごま》と並ぶ雑貨をひと摑みに見下ろす位置に大凧吊す

店内に日差し及べばなかんずく古本の棚雫するかな

走るのにやっきになって走りゆくあがたの森の鴨のこどもら

濠へだて眺めておれば矍鑠たる老人のようなり松本城は

みずかるアルプスの道トンネルをいくつ
もいくつも抜けてゆくなり

偶然に生まれしなれば何となく生きていこ
うと言うちぎれ雲

捨ててゆくよ

赤ん坊の息子を渚に置き忘れ来たりし夢の
からっぽの腕

ハイウェイをバイク跳ばして秋の戦場ヶ原
を歩きに行くと言う

鴨居低き家ぬち出で入る太郎はも仕掛けの
ように首を折りては

数冊の文庫本買う一冊は尚美へ『言葉の贈
り物』

木蓮にあぶら蟬来て啼きはじむ死《しに》場所ここ
と定めて啼けり

歌に読むフィニステールの浜べかなパスポ
ートをわれは持たねど

宗谷の塩で千切大根揉みながら、だんだん藍《あお》いサハリンの海

秋の日はすとんと暮れていつのまにか草臥れていしスリッパを捨つ

少しずつ捨ててゆくよと木蓮は枯葉日ごとに落とし続ける

歪みたる背骨に第九響きつつぐずぐず五十二歳を逝かす

おき忘れ来し魂を呼び戻す声はくぐもるででっぽっぽお

栞を挟む

山の無き視野をよろこぶ妹と甥は砂漠の東京に来て

歳月は妹の子の光昭と太郎を似かよう青年にして

こっそりと栞を挟む卒業の光昭くんの春の一夜に

沼南町道の駅では朝採りの菠薐草を盛りあげて売る

あおはたの木幡より来し妹を下総《しもうさ》の昏き沼辺に立たす

目を瞑るははの身ぬちにゆっくりと流れ込みいる誰の血液

胃袋をそっくり奪われ戻りたりベッドにうすき薄きおかあさん

聞くために見舞いに来ては果てしなくまくし立てられおり病人に

病院を辞するわれらを端正なおじぎに送りくるるははなり

機会を逸す

車窓には昏々とまだ眠りいる利休鼠の今朝の荒川

赤レンガ森に沈みて建つホテルイギリスの老紳士のような

アルプスを雨に失う　いくつもの電車乗り継ぎ会いに来たるに

あのあたり穂高連峰と指すからに灰白色の虚空をながむ

わらばん紙にくるまれていた夢を聞くモーニング珈琲を飲みつつ

霧吹きで吹きたるような雨のなか傘振りてさよならの合図を

修復の機会を逸す　木蓮の白き花弁を散らす雨降る

さようなら

金木犀《もくせい》に金木犀《もくせい》の花こぼれおり　誌上に二ヶ月君の歌なし

八十五歳のさくら拒みて逝きたりきついに端正なりし精神

いくたびも別れを言いき今度こそ本当にさようなら　先生

食べるのもさてめんどうなという風に少しつつきて専ら酌めり

酔うほどに歌の話をしろと言い歌を憂えていよいよ酔いき

ひと電車またひと電車遅らせて歌を語りき語りて酔いき

歳々《としどし》に詠まれていたり享年の八十五歳の歌ぞたまもの

詠草の文字うつくしき先生の終《つい》の葉書を『草木』に挟む

しんじつ歌は人なりと鮮烈に歌に証して逝きたまいけり

天辺の一本

喪失を重ねきて秋　燃え立つは曼珠沙華なりあけすけに咲く

秋彼岸　死者に手向くる花束に白き秋明菊を加うる

白き花とうす紅の花風来ればついと触れ合うほたるぶくろの

言葉にはならぬ思いを告げるため合掌という仕草を持てり

朽ち果てし卒塔婆を焚く供えるも焚くも残れる者の意思にて

ねんごろに水を手向ける此処まではもう来られないははの水です

おとうさんのお墓の前でひとつずつおはぎを食べる彼岸の家族

なだらかな山の天辺に一本どうしようもなく見られて立つ木

霊園のここより仰ぐ青空に一番近い木　春また来るよ

夏

沙羅の木のほとり彩る鮮やかな躑躅わたしに疎まれながら

「明朝《あした》六時に起こしてくれ」真夜中をまだ帰らない息子の電話

言わざれば問うべくもなし手賀沼の花火見に行くゆかた着せつつ

道路四公団民営化の波、わが社にどっと押し寄する夏

小泉の細目裁決民営化がそよいできては吾をへこます

待ち合わせ場所は忠犬ハチ公前しっぽの方と追伸が来る

半分ずつの揚げ出し豆腐つつきおり病ようやく癒えたる人と

首すじから腰までまっすぐ軸が通っているような背中だ

金色の銀杏は街を明るくす会いたき人はこの世に在らず

樅の木

手順よく進行しゆく葬祭の手順の中に組み込まれおり

葬式に連なれるなか腰曲がり肩をつぼめてわたくしの父

太郎はもつくづくわが子ぼそぼそと言葉少なにものを言いいる

微笑《えみ》ふかき遺影なるかな　珈琲は二人の甥がたててくれたり

予定表びっしり埋めわがむすめ十一月は攻
撃的で

今の返事が明日《あした》ぐらいに戻りくるとろいわ
たしと紹介されおり

うそさむき京都伏見の下宿屋に黙りこくっ
て二十歳は過ぎき

やって来て三年坂を下りゆく人ごみの中わ
れらもくだる

うっそりと改札抜けてゆきたりし息子にさ
っき庇われていし

くれないの落葉に埋まる小さなる池が慈照
寺に蔵われてあり

肩さきに銀閣吊し五百年ここに立っていた
樅の木あなた

Ⅱ

寡黙な川

朝々の出勤には鬱のかたまりのような気力が必要で

にび色の水を湛えて寡黙なり朝夕越ゆるわれの荒川

二〇〇三年仕事始めのわがビルの上半分に陽が射しており

ベッカムを知らなくてしばらく我は職場から切り離されており

キーボード叩くわが手のつくづくと指の先まで皺ばみている

コピー機のくぼみの上にシンプルにゼムクリップが光りてありぬ

執務するかたわらにしも退任の身辺整理粛々すすむ

錯綜する想念のよう見下ろしの街路あやなす傘が行き交う

睦言を交わしゆくかなぶつかって黄色い傘と藍いろの傘

駆け込みし半蔵門線神保町ドア閉まるとき雨が匂いぬ

花束を捧げ持つ人乗りてきて花先立てて降りてゆきたり

繁忙の中の水曜夕あかね色のやさしさを貫いておりぬ

傘を打つ雨のつぶてに問い直す所詮わたしはわたしを出でず

バスなれど

失職の夫と病むはは待つ家へ帰りゆくなり夕焼けこやけ

一列に並んで待てばバスなれど夢を運んでくるように来る

向こう側で誰かがポンと投げ上げたような満月屋根の外れに

あしたには右肩ゆうべは左かた白木蓮に照られて門を

チョゴリ着て旅の写真にすましいる嫁に行かぬこの娘どうしよう

それぞれの根っこ危うく保ちつつさざめきて夕餉囲める家族

胃の腑無きははの身ぬちをくらぐらと下りゆくのか飯も魚も

一日が黙って暮れると括りたる手紙にわれは励まされおり

地下鉄の線路駆け抜けいし鼠　くらき疾駆をおりふし想う

端正なおもざし立ててなめらかに人を殺すと宣言しおり

トマホークイラクの空に閃光す　われは夜毎に便器を浄む

犀星のみち

犀星のみちは犀川沿いのみち今日は泥いろの水がゆくなり

ガラス越しに眺めておりぬ犀星の妻を哀しむまるまった文字

大橋から桜橋まで犀川に会うために来たように歩けり

のぼりつめ見返れば古き石段の斜めぎみなるW坂かな

金沢の地下の茶房の珈琲は足踏みミシンのテーブルで飲む

石川門しりえに来れば会場のさくら亭あり古風な造りの

雨あがりのみどりつやめく金沢に借物のようにふわふわ居りき

蜃気楼

石灯籠に張り付いたまま動かないモリアオガエルの明るいみどり

海を指し小さく低く立ちてあり「折口父子の墓」のしるべは

沼空と春洋の歌碑の黒ずめる前を立ち去りがたき人かな

とつとつと道を教えてくれたりしわら色の奥能登なまり

くさむらに蹲りいる黒猫の背中がどうせそうさと言えり

巌門に来れば、部活のさざめきの中にぼんやり点りいたりき

時間が留まったまま祖院はかあんと明るい静寂に充ちていた

海原の外れに低くせり出せる猿山岬　あれはうぶすな

近々と見て行かざればふるさとの岬は蜃気楼のようなり

意思かも知れず

小海線清里駅にあら削りの木馬が低く迎えくれたり

高原はチップの小径湿れるを踏みてゆくな
り沈み沈みて

小さなる赤や黄色のリュックたち草生にさ
やさや子らを待ちいる

冬眠のヤマネを恋うるまるまりて春を待ち
いる指さきほどの

さまざまの工芸品が並びおりどんぐりまな
この木菟《みみずく》を買う

何年も黙ってここにいたように牛たちはお
り霧の牧場に

左右より霧流れきてないまぜにけぶれる処
ミズナラ立てり

汝の眼をかすめゆきたる野のリスの意思か
も知れずわれ見逃せり

倒木に腰掛けて休む　轟きて倒れしときを
憶えているか

沢みちを歩いて歩いて会いにきた吐竜《どりゅう》の滝
は吾にしぶけり

滝壺の向こうに赤く下がりいる独りが一番
いいカラスウリ

フラスコ

雲海をかき分けて来て降り立ちし能登空港
に人疎らなり

父も母もこんなにすっかり老いたよと吾に
ささやく古里の家

盆迎うる仏具みがくとうつくしく油垂らし
て祖母はいたりき

つくづくと眺めておれば　羽など生えてき
て飛ばぬかでで虫

あとさきになりつつほとり離れねばわが産
みし黒揚羽と思う

辛口の会になりしと葉書くるさざなみの琵
琶湖のほとりゆ

地球儀を指してこの裏へ行くと言う地球儀
に載っていない処《ところ》

もう少し砂場にいたかったあの子が帰った
あとの小さな隙間

廃校の中学校校舎　とりどりの水フラスコ
に光りいたりき

不完全が好き

やまびこを降りしわれらに風葬の殺生石が用意されおり

昔年を想いみれども漠然と殺生石はなだりに立てり

忘るるためか忘れぬためかみ社《やしろ》の高処に古き千社札ある

みずからの影に明暗きわだたせ朝日岳しんと秋光のなか

稜線を霧が閉ざせるところまで登りつめたる眼のたどきなさ

すすき野を大きくカーブして来たり三十分遅れて山のバスは

名を問えば即ち応えらるる花ゲンノショウコは簡素に咲けり

俵万智が何かを語っているニキ美術館のビデオテープに

でこぼこのニキの荒野をさまよいて読む詩句がいい「不完全が好き」

さざなみの大津より来し人にして湖底の水のごときを纏えり

たいせつな貴女を渋谷松濤に措きて那須野にささめきいたり

弥生美術館

雨にけぶる赤門の前通りたり母の句集を編むために来て

雨の日の弥生美術館　少女期はないものばかり追っていたりき

内またに展示されいる赤い靴　時間の奥へ駈けてゆくよう

たましいを抜かれたような　直線を外されて夢二の女たち

たくさんの仕事を抱えいる君にたんぽぽ色の時間を贈る

歳晩

運転士のいない電車で中空を運ばれてゆく
今日のわたくし

ビルも樹も灯り纏いて立てる街見下ろして
おり寒きこころに

見えざるは見えざるままに過ぎゆきて師走
となりし街路の寒さ

つきなみの歓声あげてミレナリオ愉しむ群
衆の中にいたりき

トルコ人のように足組みたむろなす若者か
かえ歳晩の街

ふるさとは水母の死臭に充ちいると電話に
聞けば一握りの浦

ふるさとの猿山の谷にひっそりとつららい
くつも光りてあらん

何としたものか尚美の脱毛症　もう二週間
雨が降らない

一昨日《おととい》の君の心を読んでいる濡れて届きし
手紙の中に

洗うたび小さくなってゆく顔と思う今年の
終い湯にいて

思い直し思い直して過ごし来し今年と思う
除夜の鐘鳴る

ひとつぐらいは

この中のひとつぐらいは言葉など喋らない
かと鯉を見ており

おみくじがふたつ並びて結ばれぬ綾子が吉
で尚美が凶の

名を問われ葉蘭と言えば波乱と想い葉乱と
想う二人のむすめ

彫刻に挨拶をしてビルに入る二〇〇四年と
なりたる街路

裸木《はだかぎ》となりたる辻の大公孫樹おまえいくつ
と幹に掌を当つ

平らな道で転んだわたしの上に新年の青い
空があった

ぼんやりと春を待ちいる左足　他人のような宙吊りの脚

包帯を巻かれし足を運ぶためサイズ大きなスニーカー買う

働いて帰るわたしを待っている食卓がある待ちくたびれて

春になったら

ふかみどりの見知らぬ花が咲くような古代ギリシアの暦のはなし

パソコンの壁紙なれど遠がすむさくら北海道美瑛のさくら

喋らない我のバッグは詰め込まれ歪みていつか破れるだろう

篠懸のような葉っぱのユリの木と言いつつユリの木の下過ぎつ

相槌がうまく打てない……ララ今宵はロシア民謡がいい

ライトアップされたる森の鳩たちは金属のはね叩きてぞ飛ぶ

首の辺《へ》にライト点して駈けて来る犬に夕べの道を譲りぬ

更けてまた開く浅黄の日記帳　過去の言葉がぼそぼそとある

かたくなの心ひとつを犀川へ流しに行こう春になったら

水へ水へ

今年また桜の下に集いたり仄くらがりにグラスを合わす

うすあおきシンガポールの傷痕を指にしつけて帰国せし友

花の座はタバコの話とあいなりて肩身の狭い煙が上がる

満開の千鳥ヶ淵のさくらみち壊れはじめし身体を運ぶ

高々と今年の花を掲げたり包帯巻かれしさくら黒幹

連なりて花仰ぎゆくわれらごと桜見下ろしいんあの窓は

先端はかすみて空に紛れつつ今宵の空をさくらが限る

かぜのとの遠きにさやぎいしボート鼻先に見て踵を返す

寝返りなど打ちはしないが花映すお濠は今宵眠れぬだろう

さかさまの水面のさくら　五十代半ばの峠こころは超ゆる

濠に沿いて植えられしかば老いしかば水へ水へとなだるる桜

句集『猿山』

母の句集編まん電話にくりかえし幸せと母に言わせておりぬ

遠きにありて思うものなる古里はこの春水洗トイレとなりしよ

母の句集『猿山』の見本届きたり若草色の表紙でよかりし

本の口絵は久保敏雄先生の写真で
戻りゆく小舟なれども海原に夕日にふかく染まりいるなり

『猿山』の配本了わる妹とともかくようやく編みし句集

編みたくて編みし句集に藁いろとうす墨色のふるさとばかり

鄙の句に温きやさしき数々の言葉たまわり著者母がいる

ラクウショウ
まみどりに虚空埋める落羽松の精のごときを浴みつつゆけり

六月の樹木の息吹臭い立つ中を行くなりわたしは痩せて

呼ばれたから出てきてやったよと、木陰から のっそりと黒猫

歳月に身体くまなく蝕まれ今日なかんずく神経が衰弱

摘みきたる一葉のあおき落羽松の羽だんだんに傷みゆくなり

池袋

十月会に出席せんと月に一度池袋駅に降り立つわれは

駅構内表示にいつも読んでゆく東武東上線に乗りたし

看板の犇く路地にひっそりと古代へ抜ける入口なきか

古里の母は知らずに死ぬだろうサンシャイン通り娘と歩く

読みなずみおれば娘が一喝す「ＧＵＣＣＩ
ぐらいわかってよ」

ふうりん堂の八幡の藪をかき分けて白い子
猫の絵はがきを買う

行きつもどりつ　ぶつくさぶつくさ　母を
選べぬ娘のふくろう

読みながら

木道を踏みしめて行く尾瀬ヶ原みどりの山
に取り巻かれおり

イヤリングにせよとぞ光る水の上のあんな
に小さな白い花

正統な歩行なるべし身長の丈ほどの荷を背
に運ぶひと

来てみればもうたくさんと山上に銀のすす
きの穂が撓むなり

山里に丸いポストが立っていて叔母に返事を書かねばと言う

川岸に立てる晶子の歌碑と聞きぶらりと来しが暗くて読めず

石段に刻みあるゆえ読みながら登りゆくなり晶子のことば

雨を避け来たりし夢二記念館に夢二の恋を聴かされており

傘さして木蔭をゆけば雨が似合う坂と思えり黒船館まで

セザンヌの舟

あしひきの山の一首を握りしめ歌会へゆく飛行機にいる

前をゆく人の右手がおもむろに上がりて鳥打帽をかぶりぬ

にぎにぎとあかがね色に咲くかなと寄れば黒蔓《くろづる》の実なり膨らむ

分け入れば樹海のごとき脳《なずき》かも知れずデジタル時計携え

落日を指して促す　飛行機の窓を覗きてあ
あと応うる

雨のなか「地獄の門」を仰ぎおり十一月に
死にたるロダン

セザンヌの舟を探していたりけり閉館を告
げる美術館に

コサージュ

姪の婚に着けるコサージュ小ぶりなるを選
びぬ母のと妹のと三つ

北アルプスの蜃気楼見んと来たりける雨晴《あまはらし》
海岸なみばかりなり

波がしらそくそくと来て岩を嚙む　壊れつ
つある家族もあらん

どこへ行っても椿に会える季節かな倶利伽
羅塾の白のわび助

八百年むかしさびしい義仲のこころは見えず　倶利伽羅峠

十二月十一日の氷見線に忘れ来しわれのふわふわえりまき

会うたびに背くぐまりいるははそばは下ばかり見て歩みゆくなり

七人の思いななつがこもごもにこれからお嫁にゆく娘《こ》を囲む

中学生のころの寒さを知りいるよ花嫁衣装の良子ちゃんはも

そんなに神経を遣わなくていいよ　しどろもどろの弟の眼よ

新婦側のわれらは左に寄せられてみな神妙にカメラに向けり

風呂へ行く通路の壁にきらりきらり加賀千代女の句は立ちあがる

また縮み出湯にすっぽりつかりいる母に俳句のありて良かりし

耳とおき父の記憶の確かさに観音様は加賀にも立ちおり

コサージュを欲しがりし子の襟もとに茜を
つけて別れきたりき

あとがき

『街路』は私の第三歌集です。

前歌集『日比谷界隈』以降、一九九八年（平成十年）から二〇〇四年（平成十六年）までの歌四百首を、概ね制作年順に収録しました。ただ、連作を意識しての一部入れ替えはいくつかあります。

タイトルについては、歌を読み返してみると、今更ながら日常身辺詠が多く、街路に歌材を得た作品が定期的に出てきたことによります。

〈自然体の歌〉ということを心がけていますが、どこかで詩と拮抗できるものになれば、至福と言えます。

長い歳月私を支え、見守り続けて下さる「香蘭」、いつしか、かけがえのないもう一つの歌の場となっていた同人誌「晶」、研鑽と励みの場である「十月会」などに恵まれた幸いを改めてかみしめています。

本集のために帯文を賜りました香蘭代表の千々和久幸先生、装幀を担当して下さった花山周子さん、本当にありがとうございました。

今度もまた、細々とご配慮をいただきました、ながらみ書房の及川隆彦氏とスタッフの皆様にも、心からお礼を申し上げたいと思います。

二〇〇五年八月

丸山三枝子

自撰歌集

『日比谷界隈』（抄）

都市の水流

操作する人の見えざるクレーンが窓の向こうにひすがら動く

老朽のビル壊されて秋雨がその空間を筒抜けに打つ

大都市の地底を暗くたゆみなくひしひし巡る水流がある

街上

あかつめぐさは褪せて捨てらる四、五日をオフィスデスクに飾られしのち

丸の内オフィス街に春秋の風を狩りつつ銀行通い

単調に

椅子に着く午前九時　確実に昨日より今日われは老いいて

今日われは人間嫌い九つの湯飲み茶碗に茶を注ぎ分ける

旧都庁庁舎を壊す音と聞く今日も微震のごとく響くを

地下道の出口はいつも信号を待つ処にて風立つところ

上野公園

さっき見た鴨とは違う　この鴨とどこが違うか聞かれても困る

靴を脱ぎ上野東照宮金色殿の軋む廊下を乗るように踏む

西門を統べる辛夷をふり仰ぐ入るとき仰ぎ出るとき仰ぐ

池のほとりに一人二人と寄りて来て水の面に影増えてゆく

いつだって

心だけ持って来いよと言うからに単線電車に身体を運ぶ

何もかもうまくいかないジーパンが欅通りを横切って来る

てんぷらを黙って口に運びいる彼もわたしも常識が好き

あと三十分しかないと吾は言い彼はまだ三十分あると言う

いつだってわたしが負けるはめになるだからあなたはいつだって勝つ

弁天山菖蒲園

藍は藍　あかねはあかね　自分の彩に濡れてゆく花菖蒲

つづまりは名付けし人の主観なり朝霧夕霧ただ花菖蒲

背く

さくら咲き今日の会には欠席す即ち我は彼女に背く

公園ののら猫三匹面構えも色も異なるおそらくこころも

もじずりが咲いていますと始まれる手紙にわれは諌められおり

尚美

いっぱいの葡萄を抱え葡萄ごと自分自身を持て余しいる

間を置かず戻る言葉は弾みつつそよぎつつ今日尚美は二十歳

切れ味は悪くはないが今少しやわらかく話すことはできぬか

試験終え戻りし尚美は機関銃のごとくに喋りまた出でゆきぬ

己にのみ集まる光と思うなよ汝二十一《にじゅういち》歳青春ただ中

おまえとわたし

十年の一日一日を親しみて犬は何処から吾に来たのか

日の暮れを犬とぶらぶら行く道のここまで来れば川の音する

繋がれて歩む　綱曳きて歩む　おまえが犬でわたしが人で

下り坂

かたばみにモンシロ遊び　易々とわれは一生の半ば超えいつ

四十五歳これよりのちの下り坂わたしはわたしとして下りゆく

帰郷

北アルプス右にいただき左手に日本海見て雷鳥走る

今日祖母の三十三回忌溺愛のわれふがいなき母となりいて

坂道をくの字くの字に登りゆく少年たりし級友《とも》に経受く

蒼海を割きてぞ走る北前船にすくと竚ちしか船頭佐平次（曾祖父）

古里は訪ねて戻る処にて二日半日〈半兵衛《はんべ》のめえ子〉

千枚田だんだん海へなだれゆき一番下の田に人がいる

ずっと先の日暮れ

どうしても同じ処へ出る夢の辻より戻り今日が始まる

別々の〈われ〉を並べて母と娘《こ》と通勤快速電車に揺れる

湿りたる女の髪がなまなまとぬめりを帯びて光る鼻先

新しい朝が来ている街上に昨日の続きのように降り立つ

ビルという真昼の森に貌のないわたしが繁る汚濁しながら

素通しの風のホームに立っている吾は一本の草臥れた棒

ずっと先の日暮れにもこうして電車を待っているだろうわたくし

日比谷界隈

丸の内街路のカラスあああと人間臭き声にて鳴けり

一日中陽の当たらない道数メートルが国際ビルの脇にある

関係は歴然として樹のかたえ　靴磨く人と磨かする人

O氏がジェネラルマッカーサーと言うたびじゃのめの傘と聞こえて

マッカーサーの居室そっくり保存して第一生命ビル完成す

あかねさす皇居見おろす一室にマッカーサーの濃ゆき六年

見下ろしの夜のお濠はLにしてL外側を車は走る

鎌倉

美男におわすと晶子詠みける大仏の膝のあたりに桜が咲いて

日蓮聖人龍ノ口刑場跡に立つ正史外史の入り組むあたり

石の洞潜りて入りし文学館入りたるからに潜りて戻る

征夷大将軍頼朝の墓に来て何者として人はぬかづく

鎌倉や春は名のみの風のなか弓引き絞る流
鏑馬神事

疾駆する馬上ゆ今し放たれし鏑矢あっぱれ
命中したり

エアメール

入学試験に落ちてしまった太郎と並んで頬
ばるダブルバーガー

膿あまた出したるのちの緩慢な回復期のよ
うな心というか

足指の形はわれにそっくりの時々ふうっと
遠くなる息子《こ》と

誤字混じる子のエアメール　チェンマイの
人一列に線路を歩く

こまごまと説かれる映画〈スモーク〉の判
る部分と判らぬ部分

一人立ちやがてしてゆく子等のため清水に
浸す銀杏のつぶ

つぶやきはじむ

夢の中へ今朝も入り来てだんだんに近く呼ぶなりわが山鳩は

あおり烏賊南の海から来たと言う　あなたが好きならそれを食べよう

網棚に忘れられたるむらさきのふろしき包みがつぶやきはじむ

選べないから

抱え込みゆかねばならぬ感情を風になぶらすごとくに歩く

大方は選べないから選べるところは選んで選んで行こう

『歳月の隙間』（抄）

口ぐせ

支えたる箒もろともちりとりは雪かぶりおりあしたの庭に

コートの肩を濡らして息子が帰り来ぬ静かに雪の降る夜なりけり

海鳴りの昼夜を分かずと嘆かえばすさまじき冬浦に来ていん

あかときの夢の海にてひたひたと鰭うちたたき泳ぎていたり

樗風集

口絵なるぶどう一房褪せしかど山口蓬春の筆の漲り

『樗風集』昭和十三年六月十五日発行定價貳圓參拾錢

奥付に村野の朱印しるくして香蘭叢書第壹編『樗風集』

もの申す

幼児期の息子に呼ばれいるような　日傘まわして切り通しゆく

小さなる池はさくらの花びらを敷きつめて苑に浮上しており

山門の六百年の大欅どうってことはなかったと言う

水の町

水ひかる蓮田の町に会いにけりさびしき言葉かたみに持ちて

渡されしバッジを付けて六十年前の時間にわれらは入りぬ

死ぬために激しく生きて死にゆきし写真の若き顔、かお、貌

実感に遠く見てゆく整然と秋日のなかに戦車ならべる

立入禁止区域を歩みいたるかな迷彩服が駆け寄り来れば

水ひかる海のほとりにさり気なく短く戻る濃ゆき言葉は

はすかいに天をさす鳥　口にしても口にせずともわたしは悔いる

絵葉書

諦めずひらきなおらず咲いている時分をすぎし泥田の蓮《はちす》

こんなにも雁字搦めで生きてきた俺よと嘆くかたえに酌めり

聖橋ぶらりと渉りゆきたりき長生きしようぜと言い捨てて

海

振り向けば銀鼠いろに光りいる太平洋の忘我うつくし

わがものとなりし小鈴は鳴りながら下りゆくなり石の階段

ありふれし小鈴なれども身に触れておりふしに鳴る　鳴れば淋しく

還暦

自転車の籠に乗せられさやさやと運ばれきたり鉢の紫陽花

ベランダに置かれしあおき紫陽花に一人ずつ寄るひとときありぬ

耳とおきははに大声でものを言う叫ぶごと言う　やさしくあらず

ふるさと

来てみればほとほと古色蒼然と古里はあり父母を老いしめ

裏山に今もぼんやり生えている電信柱はわれかも知れず

テトラポッドの尖り尖りに一羽ずつ鷗を留めて湾は微睡む

歳月の隙間

産土の猿山岬を小説に読みつつ神経のどこかざらつく

玉子焼きばかり食べる子供でありしころ厨はいつもうす暗かりき

母の実家の蔵のま中に黒ひかる錠前ありきガチャガチャ開けぬ

ふるさとは遠きにありて歳月の隙間おりふし浸しくるもの

葉桜の闇

ものかげに見ているようななつかしさ乗換
駅にいるメール来て

どうすればよかったのかどうしても駄目だ
ったのか葉桜の闇

旅の雲雀

放心のシャープペンシル昼ふかき駅のホー
ムのベンチの隅に

坂道の空を辛夷が統べている初めて来たけ
どああ知っている

青空のふかみへふかみへ鳴き昇る旅の雲雀
を見てつかれたり

ひんやりと

たちまちに過ぎゆきしかど歌会の始まる前の緊張感はよし

ひんやりと憎まれておりこの歌に　ゆるびてものを言いたる我が

ぽつねんと壁に掛けられさっきから聞き耳たてている夏帽子

秋の夜

病床の父より母を剝がしきて御陣乗太鼓の昂《こう》きかせおり

病院に父を残して来し実家　草の実のせてサンダルがある

玄関に卯木たっぷり活けられてバケツにもある五月の母の家

病みふかむ父を輪島病院に委ねて今日もビルに働く

亡骸となりたる父の傍らにたくさんの人がいる秋の夜

葬るとは人に酔うこと暗澹と死にゆきたりし父のほとりに

秋の家

「子どもらが来ルラシイ……」黒板の暦に遺る父のかなくぎ

手招きに呼びたる母はひとつだけ残れる花のユウスゲを言う

父逝きて四十九日の秋の家に母ひとり置き帰りて来たり

夢の中の母は若くて鶸いろの風呂敷づつみを抱えていたり

気配の欅

マンションの住人となり出勤す銀杏もみじの明るき朝《あした》

むらさきのしじみ蝶三つ絡ませて嬉しそうなり朝のかたばみ

裏口に燃え立つ楓もみじあり底意地わるく笑むものに似て

カーテンを閉めても気配に立っている窓の欅を夜更けて呼びぬ

転　籍

定年を鼻先にして新会社発足したり　移籍せよと言う

塊を飲み下すごと聴きており繰上げ退職移籍のはなし

板橋区仲宿通りを日傘さし齢をとりたるわたしが歩く

手を伸べて拭えばすっと消えそうな半月がありビルの肩さき

オフィスに幾春秋を逝かしめておりふし聞こゆもういいよ、もう

息子

十一インチの息子の靴が玄関を陣取っており早いだろうと

枇杷の実は葉かげに稔りゆっくりと息子が老けてゆくと思うも

今度こそ捨てんと思い触れたればボロンと鳴れり息子のギター

階段を上がり下りしてこの家で大人になりし息子が出てゆく

船頭佐平次

昭和六十三年秋のある雨の日に母の姉妹六人うち連れて曾祖父墓参の旅に赴く

北前船船頭たりし壮年の能州吉浦佐平次の墓

佐平次の墓石に著し「慶応四辰年四月朔日釋証海」

野辺地町西光寺なる無縁墓地に百二十年を眠りてありき

うち連れて尋ねし北の小き寺にしぐれてありぬ佐平次の墓

ふるさとの花を手向けて額ずける曾孫六人姉妹若からず

大切の船を舫うと荒海に呑まれし壮《わか》き命そこまで

うら若きおみなの肌に温められ戻らざりにきむらぎもの心

船頭の責務全うせんとして果てにし祖《おや》のひとつ魂

眠っていたい

くぐもれる淋しい声の山鳩が朝あさ啼きてわれを励ます

ささめきて纏いつきいし季節あり　分別く
さく娘が諭す

まくしたててとりとめのなし我よりの不安
がこの子を饒舌にして

巻尺を持ちてぶつくさ言うむすめ春の窓辺
を行ったりきたり

さくらの頃

はなびらが空に流るる頃となり電信柱少し
く抒情す

はなびらが一枚はりつきいるような眼《まなこ》携え
生きてゆくべし

がわがわになりていたりき雨の日に持ち歩
きたる歌集の帯は

だんだん勝手に生きているなり葉桜のみど
り滴る下をゆきつつ

上野の森

苔むせる石段下りゆきながら大事なことは
言葉少なに

アカシアや合歓のみどりが涼しいね学食の
椅子に帽子を伏せて

水　面

昼顔と指して言うなりさっきからずっとい
くつも咲いていたのに

池のほとりのベンチにかけて鴨を見る古写
真めくわれらと思う

おしなべて口無しのわれを伴えるあなたの
つまらなさが響くよ

曳かれゆく犬　引きてゆく犬　水べりを今
日ゆくどれも老犬と思う

微かなる身じろぎをして夕光がすさりゆきたり池の水面を

雨の林道

からまつの朽葉くろきを踏みてゆくひと足ごとに少し沈みて

前を行く友もあとから来る友も傘さしており雨の林道

靴もずぼんの裾も汚れて峠なり　ふいに美しい白樺林

おはよう、昨日は濡れて立っていた丸いポストに葉書を落とす

二番目にきれいと言えばふふとそよぐ薊のそばの水引草は

春の家

はるばると尋ねきたりし春の家に太郎ちゃんと呼ばれおり息子は

人垣の彼方に見えてちはやぶる鬼子母神さま祀られてあり

ねばねばのモロヘイヤなど食べている　もののはずみに老年は来て

太郎の婚の席にたどたどと述べており太郎を太郎と名付けし理由

蓮　森

手賀沼の蓮《はちす》の森に入り来たりかならず帰る小さな舟で

蓮狩ると分け入りきたる蓮森にぽんと咲きたりももいろ蓮《はちす》

蓮叢を分け入り来ればはなはちす他界へ抜ける明るさに立つ

うち揃い何しに来たと舟べりに蓮の大葉が背中を叩く

手賀沼に夏の一日を遊びおり歌に憑かれし
水鳥われら

石段を登りつめれば峠なり　天のまほらに
もの忘れする

ああと鳴く烏の声は白山比咩神社のぶ厚き
闇のなかから

旅人よ樹林の果てにきらめくは荒びにすさ
ぶ日本海なり

ふもとに遊ぶ

秋ふかき修那羅峠の頂きに車椅子ひとつ置
かれてありぬ

去年の秋逝きたる父を曳きつれて常念岳の
ふもとに遊ぶ

おしまい

朝に夕に小さな犬の頭《ず》を撫ずる骨格華奢なおまえのあたま

ふりむけば殖えているなり片翳る光のなかのしらうめの花

やまぶきは雨雫《あましずく》せりそっちへは行きたくないと犬がふんばる

あずさゆみ春うらうらの二月尽　犬を洗って今日はおしまい

尚美

まごまごとしているうちにつつと来て白無垢姿の尚美が立てり

なにがなし借りあるような妹と見ており不忍池のカルガモ

曲がりたる腰をたわめてお辞儀して帰りゆきたり　帰したり母を

ありがとうと言いて帰りし母の声ふいに差しこむように思いつ

真実ならず

さびしさの中上健次を言う人に見当外れの
返事しており

断定にこもごも言える人の中ふわふわする
なわが見当眼

蒙昧に生きておれども見当をつけるという
はどこか傲慢

見当は真実ならず　他人《ひと》の名に呼ばれてい
たる我がわたくし

念　力

念力を持たざるわれは鍵穴に鍵差し入れて
回して開ける

ドア開けて入らんとする隙間より何かがす
っと出でてゆきたり

時々は取り出してきて確かめる鍵をかけお
く心というべし

遙かな時間

バスを降り天野の里のしたたれるみどりに
濡れて旅人となる

高野山の壇上伽藍めぐりつつくらくらとせ
り　遙かな時間

何の樹であったか忘れてしまったと切株が
言う蟻を這わせて

山ふかき熊野を下り下りきてわっと明るい
枯木灘

熊野灘へ死にゆきたりし僧の名を指になぞ
りぬ補陀落山寺に

ののしりの心を乗せて渡海船あお海原へ漕
ぎ出でしかも

花束だいじ

大石田の見知らぬ人に囲まれて　娘を嫁に
出すということ

旅さきのしろがね色の秋の雨むすめと別れゆく門に降る

車とめ降りくる人はああ昨日お世話になった農協のひと

花束を抱えてゆけばこの旅にカサブランカの花束だいじ

美しい町

帯に手を当てて雪駄の犀星が庭をゆきしか苦吟の時は

約束をしては辰雄や道造が来て踏みにしかここの庭石

沼空と春洋の家を尋ねゆく軽井沢のどの路地もひそけし

西洋の香にあこがれて棲みつきし死者とゆき交う美しい町

山は山の影にくらみて聳えおりもっとも遠くに妙義連山

路傍ゆくごと

六種混合予防ワクチン受けし犬を肩掛けバッグに容れて戻りぬ

さびしさを縫い合わすよう少しずつ位置を替えては纏わる犬は

散歩よと言えば伸びなど犬はしてもったいつけて玄関に来る

真夜中の秋の廊下をわが犬は路傍ゆくごと歩みゆくなり

梅林踏切

紅梅をすぎて白梅　きさらぎのひかりくまなし曽我梅林に

踏切の向こうもこちらも梅林　うめの間を
電車がゆけり

梅のはな咲き極まりてあかねさす日の村里
は浮上するかな

さしかかるよしきり橋は片翳り置き去りの
母おもえとぞ言う

雷　雲

蛇行する川を見下ろす山荘の窓辺はいつも
水を感じて

歌よりも大事なことがあるのよと言いたか
りしかかの日「クララ」に

夏ぞらにすごき雷雲あらわれて陶然として
驟雨きたりぬ

日傘さしゆるき坂みち行きながら遠い昔の
ことのようなり

告げられし辛き言葉もともかくも持ち帰り
来て時計をはずす

さびしい街

駿河台くだりきたれば杏雲堂病院ありき
白秋おもいぬ

ニコライ堂の鐘の連鎖をくらやみに心たわ
めて聴きいしか白秋

二十三階まではるばると昇りきて珈琲のみ
いる今日のわたくし

ガラス張りの大きな窓は明るくて覗き込ま
しむ都心の淵を

くるしみも口に出だせば陳腐なりレプリカ
のような東京タワー

誰もみな切羽詰まりて生きいると思いて軽
くなりたるこころ

窓の向こうの遠やまなみを染めあげて恍惚
とあり今日の落日

中空に珈琲たてて静かなる人におかわりの
コーヒー頼む

レインボーブリッジ銀に点りたりまだ踏み
もみず頬杖に見る

暮れなずむ大東京のひとところ皇居の森の
くらやみふかし

夕空にさびしく刺さりいたりしが東京タワ
ーはっと点りつ

高層に暮れゆく街を見てあればさびしい街
に逢いに来しかな

さようなら

あっ子さんと呼べばはいよと応えそうな口
もとをして遺影に君は

情念のひととみつぎに詠ましめし歌人《うたびと》秋子
逝ってしまいぬ

やるせない歌詠み続け逝きにけりありがと
うさようなら秋子さん

佳き歌を紡ぎし君に歌集なし口惜しくもあ
り君らしくもある

心こめ人の歌集を励ましてさびしかっただろう松原秋子

法名のまことと相応し「釋尼清秋」どうでもいいと言いそうなれど

ガーベラやアネモネなどの花のした柩に独り隔てられいる

牽きあう

給油所のうえの虚空はさざなみの沼につづけり　横ながの沼

手賀沼の上にかぶさる曇天と牽きあうわれのこころと思う

静かなる沼のおもてを風わたり流るる春の浮き鴨ななつ

対岸のあおきホスピスかぎろいの春の霞にけぶりて立てり

よこたわる手賀大橋の橋脚のアーチうつくし水を分かちて

窓辺のさくら

遅れつつ春は来たりてわが部屋の窓辺のさくら満開となる

あからひく朝の窓辺のさくらばな夕かたまけて腥《なまぐさ》くなる

窓の辺に桜のけはい濃厚なり灯りを消して眠りゆくとき

夢に来ておりしは窓辺の一本か古里に咲く山のさくらか

咲き充ちて白くけぶれるさくらみち命はぐくむ娘と歩く

桜吹雪のなかにカメラを翳しいる娘のからだ少し傾ぎて

『ひと夏《なつ》の係累《けいるい》』（五〇首抄）

重ならぬ思いのままに連れ立ちて紀ノ國屋までの雑踏を行く

寺の主婦が夕べ撞く鐘あり馴れて今日は魚売る店先に聞く

言の葉を持たぬはくるしゆきずりの風触りても匂う梔子

本棚に置かれしセントポーリアは人の見ぬ間に花びらを解く

この人の傍らにいるひとときは美しくあれよわが想念も

人と遭いつ人と別れつ幾春のめぐりゆきたりゆきたれば夢

西空は名残りの茜　ドアマンが爪を切り居る銀座裏街

茹で上げし青菜を水に浸しつつ脈絡もなく浮かぶ詩句ある

肉を売る店に水仙活けられて白き香りをそよがせている

くれないの椿も辛夷の白花も沼の面に暗き
影置く

一散に降り来る花に打たれいて身を寄する
べき椅子見当たらぬ

けじめなく降る花びらのうす紅を握りつぶ
してわが指が病む

逆らわぬものやさしくて風湧けば精霊蜻蛉
草に揺るるよ

キーを打ち魚を割きて夜となれば微熱帯び
いるごとし指先

一艘の船やりすごす時の間を騒立ちて冬の
水面静まる

素枯れ立つ葦の蔭なる水鳥は冬の湖面に動
くともなし

いたずらに川に投げたる穂すすきは吾を離
れしのちに光れる

むらさきの傘をたたみて座るとき電車の中
に雨の匂いす

言葉いくつ裡に留めて時雨来る街の日暮れ
を傘触れて行く

垂直に傘打つ雨の止まざれば吾に鋭き言葉生まれよ

ふるさとは波音ばかりと言う声の電話の奥に昏き海原

砂　枯葉命なきもの狂わせて坂下りゆく冬の疾風は

簡潔に空気澄みたる如月の天が椿を赤くしている

口出づる言葉心とくい違い残る思いに騒立つさくら

何拒むというにあらねど屈まりて爪切りており夜の畳に

微かなる雷聞き留むる耳持ちて団欒と呼ぶ中に身を置く

わが前を黙しゆく背のいくばくか悄然としていしを忘れず

ぼんやりと月照りているこの今を何処かで酔っているかも知れぬ

病院の午前八時のドアを押す姑の下半身が斜めに翳る

真実も言えば軽くて風吹けば風吹く方へ夏草なびく

はじかれて芙蓉花解くあかつきを吹き抜けたりし風の行方や

屋根のないビル打つ雨のしきりなる今端的にあなたが欲しい

高層のビル照り翳る真昼間のこの無機質の情感が好き

三橋節子が苦しみて描きし藍深き　若狭街道花折峠

六月の二日続きの雨に病む未央柳は蕊ながすぎて

裡に重く人棲まわせて朝夕の暮しのことに関わりている

傍らの枇杷に昼顔咲き登るこのひと夏の係累あわれ

街灯に照らさるる路惜しきものなおある己が影曳きてゆく

吹き抜けて他意なき風と思いしに吾を離れてあかしやに鳴る

かたわらに居ながら寒し降り出づる雨慰めの音伴わぬ

能登の海うねり重たく鳴り止まず故里びとの土地訛り呑む

肉厚き主婦の右手が透ける器に蠢く赤き海老をつかみぬ

その声のくぐもれるゆえ少女よりあてのなけれど竹の籠買う

悲しみを殖やすがごとく一面の緋のサルビヤを咲かせて人は

シネマ館・十字屋の塔ふるさとに古りゆくものに陽が照りている

拭いゆく朝の鏡に自らを出でざる吾の全身がある

三井ビル壊されしかばビル蔭の前歯欠けたる浮浪者を見ず

ロッカー室の鏡の中の吾に向き口紅貸してと言う若き声

ふかぶかと動かぬものを芝中に鴉と知れば一身の黒

落ちてゆく眠りの淵に見る夢はふるさとと
呼ぶ抽象の海

刊行のころ

　刊行のころ、と言ってもまだ三年を過ぎたばかりである。この間に私の歌はいくばくかでも進んだのだろうか。それを思うと、もう三年もたってしまった、と言うべきか。

　あのころはまだ言葉にも表現にも大きくこだわっていた。詩的な言葉、美しい言葉に心酔し、知的な表現、短歌的な詠法、凝った言い回しに傾倒していた。だが、短歌は言葉の種類でも、表現技法でもなく、ありふれた言葉で、普通のもの言いで充分だったものを、と今は思っている。

　稚拙な一冊に寄せられた「過剰に、濃密に、意匠をこらして歌われている」「近代主義的モダニズムの域を出ない」「瀟洒な歌ですね、しかし私はもっと泥くさい歌の方が馴染めます」「実質感が希薄である」等々の手痛い評言は心温まるそれにも増して得難いたまものであったと実感している。

　そして、相変わらず短歌は、混沌として私の前に大きく立ちはだかっている。

　区切りということを意識したわけではなかったが、歌を始めて十年目、四十歳の刊行だった。（丸山）

ノート

近代文藝社というところが地味な函入りの〈日本全国女流歌人叢書〉を何冊も出していて、ぼくのところにも送られてきていたが、ちょっと読んでみたいと歌集名に魅かれて手にとったのが本集であった。「香蘭」という旧い結社に属する戦後生まれの丸山三枝子の歌集は、一八二首の少ない歌数ながら、新鋭の香りがただよう一巻であった。習作期をふくめた十年の歌歴であったが、歌の基本的抑制事項を十分に心得えた作品が多かったのを覚えている。それは結社の先輩千々和久幸氏の指導によるものか、序には〈……過剰な情念や虚飾が削ぎ落とされ、簡素な空白だけが残されている〉と、作品の特徴をずばり言いあてている。著者はここから哀感を醸成しようとしているのだ。しかし、本集が四十歳十年の区切りであれば、さらに身を引き締めて、これからの課題もチェックしておかなければならないだろう。幸に著者自ら〈己の吐露、事象の叙述に留まらない一首〉と記している。〈傍らの枇杷に昼顔咲き登るこのひと夏の係累あわれ〉と集題になった一首、この情景から作者の重層化した気持と詩情が絡まって、深い感慨を促すものだ。集中には自然への嘱目に秀れた構図を見せるものがいくつかある。最近には同人誌「Q」にも参加して意欲的な著者であるから、歌への視野を広げたところから自己の描写に赴けばどう変るだろうか。

（田島）

アンソロジー『現代の第一歌集』田島邦彦選
一九九三年一月刊（ながらみ書房）

歌論・エッセイ

どう詠みどう読むか（四）

前回の〈どう詠みどう読むか（三）〉で、「短歌はありふれた言葉で、普通のもの言いで、自然な文体で詠みたい」と前置きし、いくつかの作品を読みながら、「始めの感動を、混じり気なしに、理屈や解釈ではなく具体に添って表現していきたい。なるべく自然に、もっと自然に、と考えている。」としめ括った。この辺りからもう少し書いてみたい。

私は今、自分の中のこれまでの美意識を崩そうと試みている。始めの感動を混じり気なしに、生に表現しようとすれば、自ずとそこに行き着くと実感しているからだ。

①この夕べ抱へ帰るは憂愁に耳目溶けたる一果のザボン　稲葉　京子

②順番を待ちて金を払いわがものとなりたる魚をかかえて帰る　沖　ななも

以前①の歌に出会い心酔した。「憂愁に耳目溶けたる」の修辞は、私にしみついた短歌的美意識にぴたりと嵌まる快さだったからだ。だが、今改めて読み返してみると、ここからは響いてくるものが希薄である。美しく、気の利いた修辞だが、美しすぎて白々しい感じさえする。

②の歌は等身大の自己を凝視する、もう一人の作者の眼を感じる。型どおりの索漠とした日々への違和感とでも言おうか。この無技巧とも見える自然なもの言いに生の感動表出を見る。この歌からくる確かな手応えが私に従来の美意識を棄てろ棄てろと促すのだ。

先日、Aさんの歌集批評会でパネラーの一人が、「私はAさんをよく知らないので、十分な批評ができるかどうか覚束ない」との前置きで、作者を知らないことを一度ならず述べていた。私は、読者が作者を知らないことは作品鑑賞にとっての一つの条件でもあると考える。作者の背景を抜きにして、五句三十一音で立ち、迫ってくる作品こそが、理想の作品と考えている。

〈どう詠みどう読むか（一）〉で、作者の背景や、読者が構築しがちな既知の概念をできるだけ排除して、純粋に作品と向き合いたいとし、また詠む場合も、限りなくシンプルに、今ここでの始めの感動だけを伝えたい、と述べた。

〈どう詠みどう読むか（二）〉では、方法論の虚しさという事について述べた。少し引いてみる。

作品を読んでいて、写実か象徴か、具象か抽象か、リアリズムかモダニズムか、口語か文語か、定型か破調か、などと反芻してみてもピンと来ない。第一、これらの用語の明確な定義づけや分類ができるものではないし、その必要も感じてはいない。読んで「ああいい」と思うのは理屈以前のものだ。作者の真意をどこまで読みとれるかの自信もない。自分の中に今ある思想、価値観、美意識や、生きてきた環境、風土の中で自然に備わった感覚と本質のものだろう感受性などで、理屈以前に「ああいい」と感じとるのである

対象から受けた感動を生に、混じり気なしに表現するためにはどうするかに骨を折るしかないのだと思う。その結果、箇々の感動の種類、実感の度合、認識の仕方、素材の質、そして何より、作者自身に本質的にあるだろう感受性などで、できた作品が重くなったり軽くなったり、写実的になったり象徴的になったりするのだろう

随分と格好のいいことを書いたものだと気恥ずかしくなる。この、「作者自身に本質的にあるだろう感受性などでできた作品」の部分は大雑把に済ましてしまい、釈然としなかったのでもう少し拘ってみたい。

Q前号の「ふたたびサガン」で同人の太原さんが提言していた一節が蘇る。そのまま引用させて頂く。

どうやって作品化するのサガン？ と聞いてみると答えてくれる。物事をありのまま、変えようとしないで描写して！ と。それはそれでいい、でも描写するって切り取ることだ。さしあたり三十一文字の定型で切り取る、それが短歌作者に課せられた作業だ。何でも切り取って、何でも歌にして、でもあまりよくないものは未練なく捨てて何首揃えようなんて意味ないことはやめること……。サガンの短編「絹の瞳」や「ジゴロ」の中の人間と世界との関係の作品化を思うと、まだ目のくらむような高い崖が作品化までの道程に立ちはだかっているようだ。

何を切り捨て、何を掬い上げてくるか。己の生き方や、「人間と世界の関係」にまでどう引き寄せて詠むか。ここで作者の思想や感性、詩心などが問われてくる。太原さんの提起している問題はそのまま私の困難な問題であり、果てしない課題でもある。

手近にある沖なな歌集『ふたりごころ』の作品から、私の拘りを考えてみたい。

③バス停で出会いし人へのつくり笑いをたちまちもとに戻して歩む

④窓ガラスの向こうで何か言いかけて目をおとしたる男ともだち

⑤歩きつつふりかえりつつ見る桜こうして見れば他人の桜

③は②の歌と共通した処がある。作者の感動の発露は、つくり笑いをたちまちもとに戻した自分への嫌悪感であろう。サガンの言葉のように、ありのまま変えようとしないで描写している処に力がある。だが、読み終えたあとに残るものがあるかと言えば希薄だ。一過性の面白さ、とでも言おうか。

④の詳細は不明だが、読後の余韻は深い。何を言

いかけて躊躇ったのかは判らないが、その一瞬のとまどい、心揺らぎは読者にも響く。人の心の混沌をありのままに詠み出そうとしているから、限りない余韻と広がりが出たのだろう。

⑤の「他人の桜」は一読しごく曖昧である。まともに読めば、作者の所有地ではない他者の庭に咲く桜、ということになる。「歩きつつふりかえりつつ」だから、たまたま通りかかった所に咲いていた桜というほどの「他人」か。作者にとって、のっぴきならない関係の桜ではないが、心ひかれたから「歩きつつふりかえりつつ」見たのだろう。下句のダメ押しのような措辞がこの歌のミソだと思う。ここには作者の屈折した心理が匂う。自然を謳歌しているかのような桜も誰かの所有物に過ぎないのだな、との感慨に加えて、作者と桜（人間と物）との関係から、人間と事柄、人間と人間との関係にまで及ぶ。このように読んでくると、「他人の桜」は曖昧ではなく、混沌とした広がりと深さに変わってくるようだ。

私はこの作者と一面識もないが、作品鑑賞には何の差し障りも感じない。「何か言いかけて目を落とした男ともだち」、うん、分かる！「他人の桜」、ああ、いいなぁ！と思う。私が「うん、分かる」と共感し、「ああ、いいなぁ」と感受した時点で、これらの作品は作者を離れて、読者である私のものとなったのだと思う。

同人の須賀さんが「書いたり読んだりすることは自分に出遭う為である、書くことは自分を探し求めるための、考える手段なのである」と書いていた。どこまで行っても自分でしかない自分と向きあいながら、それでも未知の自分に出会えるかも知れない、との一縷の望みをつないで、詩という混沌を追い求めて行きたい。

（「Q」第八号、一九九三年八月）

村野次郎——人と作品

村野次郎はその処女歌集『樗風集』の巻末記で「君の歌を文字で云へば平仮名の歌ともいふべきだらう」と言つてくれた友人の言葉を受けて次のやうに記す。

「私はさういはれて成程さういふものかと思つた。私は言葉の使用法にも自己の癖を知つてゐる。それに表現の点に就ても無理に難解な言葉を使用することよりも、寧ろ難解な事象も如何に平易に表現すべきかに務めて来たつもりである。更に本質的に言へば世の時流なるものに捉へられることより、如何にして自己本然の姿を表現すべきかに意を用ゐて来たと信じてゐる」

『樗風集』は次郎の六歌集の中で、自身の手で編んだ唯一の歌集であるが、この巻末記の「平易な表現」と「世の時流なるものにとらわれない」との作歌姿勢は終生変わることはなかった。

明治二十七年、東京郊外の素封家に生まれ、父は俳人、弟の三郎、四郎は詩人という家庭環境であった。家業は江戸時代より続いてきた酒問屋であったため、文学の道に進むことを許されず、実業で生計を立てるべく運命づけられた状況の中で、大正三年白秋との邂逅を果たした。

大正七年「ザムボア」復活号誌上で白秋の「推讃の辞」を受け、白秋の門弟として、家業に携わる一方で生涯の師と仰いだ白秋と、昭和十年までの二十年間行動を共にする。早くして文学と実業の二足の草鞋を履くこととなった訳だが、これが生涯の人格形成とその歌風につながってゆく。

大正十二年白秋を顧問に戴き「香蘭」を創刊発行した。創刊の主たる動機は、白秋門人たちの作歌の場の確保にあり、時に次郎二十九歳であった。昭和十年白秋が「多磨」を創刊するに至り、心ならずも、白秋と訣別せざるを得なかった（多磨事件）。以後昭和五十四年、八十五歳で永眠するまで、実業者として、香蘭主宰として黙々と勤しみ、歌壇と接触することは少なかった。

・生れ児のいまだ見えざる眼の上にかぶさりて父の顔を見せしむ
・夜おそくひとり帰りて厨べの冷たき水をのみてねにけり
・楼門をいでてゆきたるからかさの明《あかる》く見えて雨あがるらし
・眼にふれて時にひかるは春の日に蜘蛛の糸など飛ぶにかあるらし

一、二首目は次郎二十歳から三十一歳までの歌集『夕あかり』、三、四首目は三十三歳から四十一歳までの歌集『樗風集』の歌である。
一首目、生まれたばかりの赤ん坊の上にかぶさるように乗り出して、まだ眼の見えないわが子との対面を、つくづくと果たしている若い父親の動作が平易な表現でいきいきと描かれている。二首目、一日の仕事を終え、夜更けてようやく帰ってきた作者はくたくたに疲れていたことだろう。次郎はヘビースモーカーであったが酒は一滴も飲めなかった。「冷たき水をのみてねにけり」のさらりとした物言いの背後には簡素な空間が広がっている。とても二十代の歌とは思えない枯淡の風が「老成願望」という他者の次郎観を偲ばせる。三首目は次郎の代表歌の一つと言われており、ア音の繰り返しの快さや調べの豊かさはいうまでもないが、作者の位置と対象との距離が具象に添って平明に詠まれており、一幅の絵を見るように印象が鮮やかだ。次郎の眼差しは「ひかり」「日・陽」「あかり」「明」「あかね」など、気がつけば明るさに頻繁に注がれているのだが、四首目はそんな作者の眼が捉えた微かなひかりである。春の日差しの中、始め作者には蜘蛛の糸が見えていなかったかも知れない。少し向こうに、時々光るものがある、何だろうと眼を凝らしてよく見るとそれは、風が生み出す蜘蛛の糸の微かなひかりであったという。「短歌の本質は人間の感性によるものであって知性の所産ではないと気づいた」と述懐する次郎のエッセイが思い返される作品である。

ここで次郎の言う「世の時流なるもの」とは、華々しく歌壇ジャーナリズムに迎えられるその折々の歌風を指す。香蘭創立十五周年記念として刊行した『樗風集』のこの巻末記で次郎は更に、「今は後ろを振り向いている時ではない、自分は全力をもって作歌に精根を打ち込んでゆくより道がない」と書いている。「多磨」創刊による主要メンバーの離反やそれに伴う諸事情で、胃潰瘍となり入院までした、多磨事件後の次郎の覚悟のほどが窺えよう。

・自転車泥棒ぞとひしめく中を拘引《ひか》れ来る若者見れば普通の顔せり

・マレー戦線の野営に蛍とびかふといふ記事ありて心親しむ

・わが金となりて持ちたる給料を時々ポケットの上より撫でつ

・帰り来て鞄畳にわが置きつ今日は一日暑き日なりき

・勢ひつつ鳴きそろふ蟬聞きをればなかの一つが甘ゆる声す

一、二首目は『樗風集』に続く『続樗風集』（四十二歳から六十一歳）の歌、三、四首目は次郎四十六歳から八十一歳までの作で香蘭以外の諸紙誌に発表したもののみを集めた歌集『明宝』の歌である。

一首目の即物的な視線の「普通の顔せり」の把握には地味ながら読者を深く肯かせるものがある。「難解な事象も如何に平易に表現すべきかに務め」た単純化の、何と濃密な把握であろう。私は始めてこの歌に出会った時の衝撃を忘れない。二首目は、昭和十八年に出征先の戦地から届いた会員への返歌として詠まれたもの。声高ではない口調に慈しみの滲む滋味ゆたかな趣である。

多磨事件後、マイナーに徹し、黙々と事業に勤しみ香蘭発行と作歌に熱情を注ぎ込んできた次郎は、昭和四十六年喜寿の年に、新宿副都心に地下一階地上十二階の明宝ビルを建てた。その前年「短歌研究」十一月号に三〜五首目を含む「人生百首」を発表した。この歌群について、斎藤正二は「この世の中に文学よりもずっと大事な何かに通暁した大人が歌ってみせた人生の達人の歌」と述べ、更に「固定されていて而も充分な物の感じ方、その意味が私達自身の命題の方に連れ戻されずにはいられない物の言い方、これこそ本当の思想というものだ」と評した。

ここに至ってようやく次郎の歌が陽の目を見た観があるのだが、「時々ポケットの上より撫でつ」の地に着いた動作の描写は、二十代の頃の「かぶさりて父の顔を見せしむ」に帰結し、「帰り来て鞄畳にわが置きつ」の抑制の利いた何気なさは嘗ての「夜おそくひとり帰りて」の歌を引き寄せる。

次郎にとっては青天の霹靂であったろう白秋との訣別とはいえ、二人の短歌観の違いを鑑みれば、次郎は別れるべくして白秋と別れ、自己本然の作風を存分に打ち立てて行ったと言えるだろう。

- ありていに記す申告に老人の控除欄などありていまいまし
- 苦しみも修行にせよといふ言葉若者ら聞けわれは断はる
- 君の子らみな優れしは君つねに金なき故と思ふがいかに
- 出来る限り背中に伸ばし掻く指のすぐその先のあたりが痒し
- ここよりは声とどかねば会場のかなたに高く手をあげにけり
- われのごと背をかがめつつ弟が厠に立ちてゆく姿見ゆ
- 床の上にいまだ命のあるごとく見えつつあはれ今はへだたる

前の三首は短歌研究文庫『村野次郎歌集』（六六歳〜七七歳）の歌、人生の達人ならではの独白と言えよう。後の四首は最晩年の歌集『角筈』の歌であるが、四、五首目には、いよいよ自在な、次郎の独壇場とも言える歌境が展開されている。後ろの二首は弟村野四郎への挽歌である。

千々和久幸は「白秋は詩を人生にし、次郎は人生を歌にした」と端的に括っている。生業と文学の虚実の間を生きた村野次郎にしか詠めなかった歌と言えよう。文学と俗とのすれすれの処で詠まれた軽妙な味わいには説得力があり膨らみがある。また、即物的な歌の面白さは私にとって、今に新鮮である。

・年老いて身にほしきものあらねどもただ一つほしわれの佳き歌

（「十月会レポート」二〇〇六年五月）

対談　千々和久幸歌集『壜と思慕』を読み直す

千々和久幸　丸山三枝子

初めて出逢った現代歌集

丸山　『壜と思慕』は千々和先生の第一歌集です。奥付に「香蘭叢書第66篇、昭和56年2月20日発行」とあります。１９８１年ですから今から二十七年前ですね。
私が香蘭に入会しましたのは、昭和56年6月号からですから、『壜と思慕』が刊行された時期と数ヶ月しか違いません。（先生にご本を戴きましたのはその数年後だったと思います）
それまでは興味本意に新聞の歌壇投稿欄に気が向けば投稿していたに過ぎず、短歌結社や短歌雑誌の存在すら知りませんでした。
従ってそれまでは、歌と言えるものは文庫版の古典か書棚にある中央公論社の『日本の詩歌』などを気まぐれに繙く程度でした。

ただ、啄木の歌は判り易いということもあったのでしょうが、『一握の砂』と『悲しき玩具』が一冊になった文庫本を日頃から持ち歩いていた気がします。というわけで、私が始めて掌にした、いわゆる現代歌集が『壜と思慕』でした。

全体に白を基調としたシンプルなデザインで、おもて表紙の左半分は原稿用紙の模様になっている、ソフトカバーのこの瀟洒な装幀の歌集を手にした時の、戦慄にも似た印象は今に鮮やかです。

千々和　忘れられていた歌集をお読みいただき恐縮です。自分ではとても読み返す勇気の起こらない歌集（笑）ですから。

・軽業師の軽業高く見てあれば春はかなしき宙がえりする
・回転ドア押さるる方へ春は逝き壜の内側うす曇りいる
・妻よりも若き看護婦にわが胸を透視されおり明日見ゆるか
・胸痛き言葉生まれよ町空にアドバルーンは繋がれしまま
・さわさわとこころに音を曳きながらウィークエンドの雨傘に降る
・愛さるる理由はうすし回転椅子軋ませさびしき春まわしたり
・席一つ空きたるところそこばくの感情揺れて袋立ちいる

丸山　当時は前衛短歌はもちろん、喩や修辞などにも全く無知だったわけですが、このような作品に一読、魅せられてしまいました。

現代短歌というのは、啄木の歌のように、ただただ思いのたけを順直に述べただけの世界ではなかったのだ、と。その洗練された豊かな詩的世界に引き込まれてしまいました。

前の三首は上句が具象或いは写生（実態）、下句は心象、或いは不在の日常と読むことができると思います。後の三首は逆に上句に心象を述べ、下句に具象を置いて日常に回帰する、という表現方法と読んでみました。いずれにしても、当時はこんな分析をしながら読んだわけではありません。読んだとたんに胸にずんと入ってきたのです。生意気を言いますと、わけも判らないまま、創作の醍醐味みたいなものを感じました。

一首目はサーカスの宙返りを詠まれたものと思います。今はまさに春ですが、軽業師のまるで遊びのような軽快な動作は、それは命がけの労働でもあるのですから「かなし」く感じられます。「春はかなしき宙返りする」の心地よい省略、単純化はあらためていいですね。

千々和　たぶん、春の祭りのイメージがあったのでしょう。春になると私の田舎にも旅回りのサーカスがやって来たものです。

いたいけな少女がとんぼ返りをするさまを、淡いあこがれで見ていた少年時代の記憶が眼の底に焼き付いています。

丸山　二首目はタイトルの「壜」の歌で、『火の群れ』83号に、「本集に「壜」という言葉が使われているのは三首だけだ」と書いておられます。そして「壜」は即物的な外側にこだわって内側の不在を透視する格好になっている……「壜の内側」はけっして晴れることのないうす曇る日常だが、その外側は一枚捲ってもつるりとした滑りやすい斜面である」とも書かれています。

「回転ドア」を押して出た外界は、何かよそよそしい、作者の本質にしっくりとこない、上滑りしそうな現実が広がっているのですが、「壜」に仮託された作者自身の内面、本質は決して晴れることのない混沌に充ちている、という風に読んでいいのでしょうか。「壜」とは、摑み所のない感情や混沌を孕んだままの作者の精神を容れる器である、という風に。

千々和　「壜」のイメージについては仰るとおりです。無機質な壜に不在、非在、現実に流される滑り易さを見たのでした。

丸山　三首目の「明日見ゆるか」には当時感電してしまいました。未来は誰にも判らない、予測できないのが未来なのだから、との普遍をふまえての「明日見ゆるか」なのでしょう。ここにはアイロニカルな匂いとロマンが共存しています。
四首目の「胸痛き言葉生まれよ」のフレーズは以後の私の創作時の呪文のようになってしまいました。下句の実景との照応は即きすぎず離れすぎず、いかにも自然で、焦燥感も匂います。
五首目の微かなときめきを帯びた明るいイメージの雨や、六首目の淡い哀感の籠もる春の回転椅子も鮮明な印象でした。先生はロマンチストなのだなあ、と（笑）、それから最後の一首は判らないままに素通りできない印象の歌でした。バスか電車の空席だと思うのですが、「袋」は実在のものでしょうか。それとも「そこばくの感情」の暗喩でしょうか。いつかお尋ねしたいと思っていました。
千々和　あの「袋」には人間が詰まっているのか、「袋」そのものが人間だったのかもしれませんね。

詩と短歌の間を往還する

丸山　先生が香蘭に入られたのはいつでしょうか。
千々和　昭和31年（1956年）入会、作品は32年より出詠しています。それからしばしば村野先生のお宅に伺いました。大学の二年でした。生意気盛りです（笑）。
丸山　ああ、先生は『壜と思慕』の実に十六年前に処女詩集『恋唄』を出しておられます。その後、順序としては、1975年第二詩集『八月緩緩縁者之道行』、1980年第三詩集『水の遍歴』、1991年第二歌集『祭りという場所』、1998年第三歌集『火時計』、2000年第四詩集『ダイエット的21』、2006年第四歌集『人間ララ』（間に評論集『短歌という負い目』があります）ですから、歌人であるずっと以前から詩人でいらした訳ですね。
いえ、そうではない、香蘭に出詠を始められた時期からゆくと、短歌もほぼ同時進行でいらしたわけです。先生はエッセイで、ずっとそのことについて書き継がれてきています。

「詩も短歌も時々の生理的な欲求に従って向こうからやって来る」だから「短歌は生理現象であり、詩はそこから自身を救出するための方便、その逆もある」（詩誌「沙漠」245号「七七への恋着と憎悪」2006年）。また、「短歌が日本酒なら詩はウィスキーである」（短歌往来2007年8月号「短歌は日本酒である！」）つまり、生理に近いところで酒の滋味を出す短歌か、メタフィジカルなウィスキーの酔いを追求する詩かの違いであると。

一番最近では二月の香蘭21の会でのご発表の「夢の後始末」（「沙漠」250号）でそのことに触れていらっしゃいますね。

更に、ついこの間亡くなられた年来の詩友、山本哲也氏の「こんなことをしてはいられない」の詩についてのコメントでは、先生の大変深い思いに触れることができました。お仕事で熊本に住んでいらした時間を「空白の十五年」と言われましたね。先生が同世代のご親友の山本哲也の詩「こんなことをしてはいられない」（たまたま買った現代詩手帖2006年4月号に載っていましたのでコピーを差し上げたのでしたが）のフレーズに深く共振されたようで驚きました。先日の21の会でようやく判ったような気がしました。

「得体の知れぬ焦燥感に苛まれる」ようになられたと……。

千々和　ああ、「失われた十五年」（笑）のことですね。
山本は死の直前に「わたしが壊されてゆく」と語っていましたが、あれは自分の肉体が壊されてゆくということと同時に自我もまた崩壊の危機に立たされていることを見通した者の発言です。

丸山　青年期には「前衛にふるふる」しながら、その折々の生理的欲求に従って詩を書き、歌を詠み継ぎ、〈時代の感受性〉が次第に生きる根拠を見失わせた。その生きる根拠を立て直すための手がかりとして、詩があったのではないでしょうか。
その間ずっとビジネスマンであり続けたわけでもあ

ります。詩か短歌か、文学者（表現者）かビジネスマンか、一方に軸足を置いてのめりこまないリアリストとお見受けしましたが、そのへんのバランスは具体的にはどんな風にとっておられるのか、不思議な気がします。

千々和　魂にどんな根拠を与えるか、でしょう。ビジネスは文学的に文学はビジネスライクに、という振幅の中に資本の論理を見、人間を観察していたような処がありました。毒と解毒のメカニズムがバランス感覚として働くんですね。

丸山　ああ、純粋人間として生きるためには詩による解毒が必要だったのですね。

千々和　その通りです。毒を身に帯びている自覚のない人間（笑）にはこの感覚が解らないでしょう。

詩と短歌についても、その折々の気分やバイオリズムによって、詩に傾斜したり短歌に寄ったり、ということです。つまり外側の世界と対峙している時は詩となり、親和している時は短歌になる、と一応うそ（笑）を言っておきます。

- 発ちゆかん朝立飲みのコーヒーを荒野のごとき胃の腑へ落とす
- 生産性まこと低くて旅がらすブルートレインの行く先は思慕
- 感傷のあわいを遊びのごとく来る職務通達ありて日長し
- 夏の陽がビルに曲折するところ曲りきれずにいる青春よ
- 封筒に入るか入らぬか解らぬが我は入ると思う証書一枚
- 持ち運びに適するカバン適さざるカバンのありて秋深みいる

丸山　一首目は巻頭の歌ですが、これはサラリーマンの出張の朝と読みましたが間違っているかも知れません。二首目の歌の近くにあったからそう思ったのかも知れません。

二首目にはタイトルの「思慕」が使われています。

（思慕が出てくるのはこの一首だけです）この歌について先生は後に、「社歌と演歌をこき混ぜたような一首は、颯爽としているようでどこかに古風な湿りも残っていた」と振り返り、更に「異質の概念の結合による混乱とそれを攪乱する表現の不備によるものだ」と自戒しておられます。確かにそうかもしれませんが、今あらためてこれを読みますと、それほどの違和感は感じられません。今の歌人の殆どはもう一つの貌をもっています。女性は別にしても、教職員、会社員（役員）、医師、研究者など皆何処かの組織に属して現実社会で働きながら、憑かれたように歌を詠んでいます。この「思慕」を、詩歌への思慕（タイトルの言葉ですから）ととることには、それほどの不自然さを感じません。「旅がらす」からはのちに先生特有のものとなる自己揶揄が窺えます。思い返せば、先生という「旅がらす」の行き着く先には取りも直さず詩歌があったわけです。

千々和　「旅がらす」は漂泊願望です。「思慕」は仰るとおりですが、今少し広げて、自分が生きて或いは生かされてあることへの「思慕」、ということになりましょうか。人間、社会そして詩歌への「思慕」、つまり己の内面への旅ですね。

丸山　ああ、なるほど。三、四首目には先生の主調音であろうダルな哀愁がすでに垣間見えます。これらの作品からはロマンチシズムと、微かながら前衛の匂いが感じられてとても好きです。

千々和　ロマンチシズムというほど崇高なものではなく、淡いペーソスを感じて頂ければ幸いです。

丸山　さて、五首目と六首目の歌については、当時から得体の知れぬ親和力のようなものに捕まれっぱなしでしたが、その力は読むたびに揺るぎません。所謂ただごと歌の範疇に入るものかと思いますが、例えば五首目の、一見稚拙とも見える一首が何故こんなにすとんと胸に落ちてくるのか。ある一瞬の想念の動きの輪郭にそって、丁寧になぞっているのに、全体としては何も言っていない。

この無意味さと、言葉運びの程よい緩急の間《ま》の心地良さとでもいいますか、当たり前の認識の再確認といいますか。これは詩的な要素の色濃い『壜と思慕』の中では異色作と言えそうです。

リアリストのサラリーマンのただごと歌の先取りとも言えます。先生の中にずっとあった「短歌的抒情への負い目」とは乖離した処で屹立している歌とも言えそうです。

千々和　合理的な思考を突き抜けた処にある心の揺らぎ、怪しさで、自分でも得体が知れないのです。手法は近景の極大化（クローズアップ）ですが、得体の知れないものへのある不思議な興味です。

無名の父と愛憎分つ

・父と子と夏の終りの草に寝て一つにならぬ空をとりあう
・子をいたく叱りて朝を出で来しに明るきガラスわが身をめぐる
・一匹の蝶が迷いて来し市電雨期を身籠もる妻も揺れいつ
・娶る日の朝の弟ガラス戸の外に唇だけがもの言う
・身に触れて夾竹桃の花咲けば無名の父と愛憎分つ
・祈るべく我に開かれし窓があり明日に架けつぐ夜の灯を消せば

丸山　ご家族や肉親を詠まれた歌の中で、特に惹かれたものを抄出してみました。一首目の「一つにならぬ空」は、親子といえど、もうすでにものの見方は個々なのだよ、という淋しさと、怜悧な眼差しが滲む切ない歌と読みました。「とりあう」は言いすぎかなとも感じましたが。二首目の子も、三首目の妻も、四首目の弟も、作者のふかぶかとした愛情に包まれていながら情に流されない、短歌的抒情を嫌われる先生の場合は流されるべくもありませんが（笑）、抑制のきいた深い慈しみに充ちた歌と感じ入りました。

五首目、先生のお父様は「通草」のペンネームをもたれる川柳作家でもありましたが、ここでも一首目にみられるような哀切さと怜悧な視線が歌の力になっていると思います。

「無名の父と愛憎分つ」はめろめろが好きな歌人ではなかなか言えないリアリストの詩人のフレーズではないでしょうか（笑）。

以前に、父とは超えなければならない標的のような存在、と伺った記憶がありますが……。

千々和　そのとおりです。ただ、この標的は近づけば近づくほど遠離りますので、超えることの困難な標的です。つまり永遠なる標的で、己をいかに高めてゆくかに父が象徴的に介在してくるわけです。

とは言え、これは父を絶対化するのではなく、一方でいかに相対化していくかという己との戦いでもあります。それをバランス感覚と言われればそのとおりですがね。

丸山　六首目は自愛の歌ですね。ここでは子とも父とも共有できなかった心情が、多くの読者と味わい深く共有できるようです（笑）。

千々和　村野次郎的かな、あれほどの膨らみはありませんが（笑）。

即物詠のもの申さない清々しさ

・流れいる水のきわまで垂れ下り桜時折花びら散らす

・葉桜のトンネルを過ぎ駅までの幾程もなきを風に吹かるる

・権力論たたかわせいる我らより離れ一本の桜咲きいる

・皇太子妃決定のニュース流れいる町なかぬるき雨の降り出ず

・全日空海上保安庁時事通信思い思いの夕映えに立つ

・すずかけ台つきみ野あざみ野つくし野と虚構なれども町拡大す

丸山　あとがきに「言葉に裏切られることによって、言葉を磨き続けるほかはない。」とありますが、これらの作品は作者を裏切ってはいないと断言できます。

『短歌という負い目』を読んでいますと、短歌とは歌い上げる詩形で、歌い上げたり歌い下げたりしない詩人には、その陥穽に嵌らないようにしなければ、という警戒と嫌悪が無意識にあるように感じられます。それは先生の短歌的抒情への恋着からくるもののようですが、歌人は始めから韻文を選んでいるのですから、意識して短歌的抒情を忌避したりはしないのかも知れません。しかし私は短歌も、歌い上げたり、歌い下げたりせずに、限りなく自然体に近いところで詠みたいものだと思っています。

沈黙の領域は大きいほど味わい深く、言外空間にこそ、短歌の魅力の根源があるのではないかと思っています。

千々和　そのとおりです。作品の大きさを決めるのは沈黙の深さです。それはその人の思考力、想像力の深さ、鋭さ、その人の人間としてのキャパシティ、つまり懐の深さでもあります。

丸山　はい、これらの叙景歌は、現実を真摯に生きる作者の眼が、無意識の内に素材を厳選させた滋味豊かな境涯詠と読みました。

「水と桜、葉桜と駅、権力論と桜、皇太子妃決定のニュース」という普遍性を帯びた素材が等身大の視線で詠まれており、吹き抜けてゆくような広がりとシンプルな余韻があります。「桜」は先生の歌のキーワードのひとつでもありますが。五首目の「思い思いの」と六首目の「虚構なれども」は叙景からは外れてきますが、上句の「全日空海上保安庁時事通信」や「すずかけ台つきみ野あざみ野つくし野」のたたみかけるような、際やかな固有名詞が活きていますから、ここの主観にこそ、作者の膨らみのある凝視が投影されているようです。大変味わい深く鑑賞させていただきました。

香蘭人の拠《よりどころ》

- 村野次郎に会わんと新宿に降り立ちしは茫茫として二十二年前
- 空缶の光ることなど記憶して角筈までの道通いたる

丸山　第四歌集『人間ララ』に「昭和八年村野次郎はパナマ帽仕入れのために海を渡りき」という印象あざやかな歌がありますが、これは先生の短歌の出発点にある記念碑的な歌ですね。21の会で「村野次郎論を書くということ」という幻のエッセイを拝見しましたが、次郎短歌を基軸にして、私たち自身の歌を追求していかなければ、そのためにはもう一度きちんと次郎短歌を読み直し、把握しておかなければいけないと思いました。『人間ララ』に「とりあえず乾杯の音頭をと促され何か言わんと立ち上がりたり」「小津安二郎の映画にたしかあったなと彼が言いそうかとわれも頷く」という歌がありますが、これらは後半の次郎短歌の軸上にあるものと読みました。これを機会に先生の第二歌集『祭りという場所』と第三歌集『火時計』も読み直しておかなければいけないと思いました。

千々和　村野次郎という古里へ回帰する心安さ、懐かしさですね。この安堵感が香蘭人の拠です。この縁はかりそめではありません。

是非そのことを香蘭人に自覚して欲しいと思います。

丸山　本日はお忙しいところを、長きにわたり貴重なお時間をいただきまして恐縮に存じます。視野の狭さを棚に上げて、勝手なことばかり申し上げてしまいましたが、今日は思いがけないお話も伺えまして、おかげ様でたいへん勉強になりました。本当にありがとうございました。

千々和　いえいえ、お忙しい中に私の歌をこれほど掘り下げ丁寧に読んでいただき、感謝しております。

（2008年4月8日）

（「香蘭」二〇〇八年一〇月号）

不可視のリアリティー

- ペチュニアは夜の間にウサギに食われたりや
  わらかき花鼻に触れしか
  『草舟』　花山多佳子
- われが行かねば一日だれも来ぬ部屋の南より
  さす日差しを思う　『後の日々』　永田和宏
- 奥まりて水泥《みどろ》なす沼ありと聞く道ほそほそと
  夏草おほふ　『翡翠の連』　蒔田さくら子

殆ど日常的に短歌を読んでいるわけだが、意味内容だけを理解して素通りする歌と、一首の前に長く立ち止まってその余韻に浸れる歌とがある。読む醍醐味を味わわせてくれる歌との出遭いは至福である。

歌集の刊行順に抄出した。

一首目の作品に出遭ってから随分と時間が経ってしまったが、読むたびに戦慄する。

ベランダのプランターか室内の植木鉢に咲かせているペチュニアを想像した。その花は朝起きてみると無惨な有り様になっていた。暗がりの中でペチュニアの花びらを一心に食んでいる兎の小さな動きが見えるようである。ウサギのまんまるい鼻がピンクや白の、ふんわりとしたやわらかな花びらに触ったとき、ひんやりと冷たかっただろう、と想うと戦慄する。それは下二句の「やわらかき花鼻に触れしか」の確かな描写によるものだが、それだけではない何かの吸引力を感じる。

二首目の作品の前でも、思わず吸い込まれるように長く立ち止まった。この部屋は作者の仕事場か留守宅の自室かは判らないが、日常に馴染んだ部屋で、そこに居なくとも「南よりさす日差し」の肌触りさえも体感できるのだろう。もしこれが、今いる部屋に差し込む日差しを浴びていると詠まれた歌ならば、こんなには惹かれなかっただろう。

実際に見えていないけれどもありありと感じられ

るもの、それでいて手に触れることのできないものへの憧憬はどうしてこんなに深い吸引力をもたらすのか。

　三首目の作品は読者のみならず、作者自身にも不可視の世界が構築されている。作者は、この奥には底知れない水泥なす沼があると誰かに聞いている。作者はこれから、この丈高き夏草に覆われた、径なき径を分け入ってその沼を見に行くのだろうか。読者としては見に行かないでほしいと念ずる。

　作者にも、見えないからこそ焦がれて止まないその沼を、「道ほそほそと夏草おほふ」彼方に永遠に憧憬して欲しいと切望する。

　いずれも推敲の跡を微塵も感じさせないシンプルな作品である。それ故に、描写された景の背後に鮮やかに広がる空間や膨らみは豊饒である。具象による巧緻な描写のリアリティーが、歌を読む醍醐味をもたらしてくれているのは言うまでもないが、不可視なるものへの憧憬の心理がその根底にあって、歌の深々とした余情と陰翳を導き出している。

「現代短歌の問題点、可能性について」とのテーマをいただき、先ず気になったのは、時代に応じて試みられたレトリカルな表現方法や軽みの嗜好だが、この三首はそのどれにもあてはまらない。上句から下句へ順直に詠みくだす極めてオーソドックスな文体である。

　自然体のなだらかな表現こそが、充分に読者を打つ力をもつ、との再認識をこれらの歌は私に証明してくれてもいる。

（「白夜」二〇〇九年六月号）

自在なる往還

――小林幸子歌集『水上の往還』評

・観覧車青葉のそらをのぼりゆき頂あたりで乗りてくる子よ
・わが知らぬ愉しきことのありぬべし秋の夜には月ころがして
・扉押していでゆきしひと外はまだ夜であつたと戻りて来ぬか
・そろそろでございますねと浅間山の耳に口寄せいひにけらしな

例えばこのようなファンタスティックな世界は小林短歌には珍しくないのだが、読むたびになつかしいような、切ないような、或いは怖いような空間へ引き込まれる。

一首目の青葉の季節の「子」も、二首目の、秋の夜の「月ころがして」いる主体も、第一歌集『夏の陽』で失った夭折の長子であろう。春秋の心を染める何をみても同行の、失った十四歳の少年の声が聞こえてくる。

あとがきの、「死者によって生かされている」との感慨は、〈あやまちてわれに来し子か夏の陽の耀く空へいま離《か》れゆけり〉と絶唱して以来のもので、いつしか死者への旅はその範囲を拡げながら小林短歌の大きなテーマとなってきている。

三首目はなんだか可笑しいんだけれども、やがて切なくなってくる。とてつもなくなつかしい人に戻ってきてほしいような哀切さ、ここでも死者の影が匂ってくる。わたしは勝手に前登志夫氏を思ったのだが、作者の死者たちは暗くはなく、どちらかと言えば明るい。それは断念とか諦念といったものではなく、自明の死を受け止めた処からくるふかぶかとした透明感とでも言おうか。ここに到るまでの長い悲傷の歳月を、詠み続けることで浄化された透明感と言えよう。

四首目は軽井沢の旅の一連にあるのだが、上二句の柔らかな口調で囁いているのは誰か、何がそろそろなのか。大いなる自然とか全知全能の神の如きものの存在を思う。罪深く愚かな人間への罰、或いは戒めのために、そろそろ次の噴火を起こしましょうか、との囁きの声が聞こえてきそうで怖いのだ。

・渾身のちからに首をあげてゐる赤子のかたへに猫しづかなり
・これだあれ、写真ゆびさすをみなごは死者になりたるひとらを知らず
・新春の夫と息子が家ぢゆうの電球をLEDに替へたり
・はつあきのひかりふる日は星鰈など頭《づ》にのせて海辺ゆきたし
・やまぼふし白く照る日の別れなり　洗礼名をマルタと知りぬ

家族への眼差しには抑制が働きながらも、そこには自ずからの温かな情感が滲む。

　一首目は見えている場面の切り取りに徹することにより、その背後に広がる仄々とした家庭の在り様が浮かびあがってくる。景物として捉えることの効果を思う。

　二首目では、第一歌集以降に享受せざるを得なかった、普遍性を伴う死生観が図らずも匂うようだ。

　三首目では家族を活写しつつ、現代の生活の手触りがさり気なく読者に手渡される。

　四首目は作者のある一面と言うか、詩心を偲ばせてくれる。

　星鰈を頭にのせて海辺を歩いている姿を想像するとおかしいんだけれどもやけに慕わしいのだ。「星鰈」の言葉に惹かれたのかも知れないが、暑い夏が終わって爽やかな秋の訪れを言祝ぐのに、こんなに慕わしく詠まれた歌は類を見ない。これも紛れもなく小林幸子の世界である。

　五首目は「晶」の仲間であった船渡川佐知子さんの挽歌である。初夏の頃に行われた、横浜のカトリ

ック山手教会での追悼ミサで、私たちははじめてその「洗礼名をマルタと知」った。

・留守番をしてゐるうちに外界にだあれもゐなくなる日のあらむ
・こんにちは、と鳥居の下にすれちがひ女宮司の戻りては来ず
・あけびの実ひとつ取らむと蔓引けばぐらぐら揺れる遠くのあけび
・道端《みちはし》によけてと言へば三輪車の後車輪がかたばみを轢く
・夜を飛ぶ鳥のあたまにぶつかりてしばらく揺れてゐるからすうり

作者の歌は具象と抽象の間をいとも自在に往還する。それは無意識の領域での感覚のように思えてならない。

一首目は小さな子たちと留守番をしているときの一連にあるのだが、ふとこの世に三人だけ取り残されてしまうのではないかと思う。ある筈のない事象が作者の意識には突然降ってくるようなのだ。

二首目は、水分神社での連作の一場面の切り取りである。この「女宮司」は、ただ用事があってなかなか戻って来ないだけかも知れないのだが、「戻りては来ず」と結句に納めたことで、俄然不安が膨らんでゆく。読者は、神隠しにでもあってこのままずっと戻らなかったのではないかと思いが残ってしまう。そして一首目でも二首目でも、例えば3・11のような現実や、事故や事件もこの世には実際に起きるのだ。リアリティーを外すことなくシュールな世界が構築されている。

三首目〜五首目は明らかに写実の歌である。原因と結果の当たり前の普遍を具象で描写して味わい深い。この世は須くこういう仕組みになっているのですよ、と柔らかく諭されているようだ。「ぐらぐら揺れる遠くのあけび」のさびしさ、三輪車が轢いてしまったかたばみの花、鳥の頭にぶつかって揺れているからすうりの美しさ。事実はいつだってさびしく

愚かしく、ときに美しい。それは存在そのもののさびしさ、愚かしさ、美しさでもあろう。このように写実の歌が自ずと孕んでくる象徴性や抽象性も従来の作者のものである。

具象と抽象の間を自在に往還して、決してぶれることはない。

・草丘を滑りきたりてとんとたつ幾人もいくにんもこどもたち
・村ひとつ消されしのちにはこやなぎ芽吹きたりしか池のほとりに
・おほき波ちひさき波のあひだからきこえてゐたりこどものこゑは

嘗てナチスの強制収容所があったテレジン、ナチスへの抵抗の見せしめとして消されたリディチェ村、3・11の被災地と、小林幸子の死者たちへの鎮魂の旅は続き、レクイエムとしての歌が生まれる。それは、第一歌集で失ったいたいけな命への尊厳の思いとひとつながりにあるものに他ならない。

・黄のはなのうすくかがやく岸辺より　はるけき水の上の往還

（「晶」八六号、二〇一四年）

江口章子の歌

白秋の第二夫人江口章子《あや》は、その貧窮と失意の時代を共にして、『雀の生活』と『雀の卵』を成就させた。五年に充たぬ結婚生活の破綻の後の数奇な生涯は傷ましく、生家の座敷牢で五十九歳の凄惨な死を遂げた。その死の床には白秋の『雀百首』が遺されていた。

原田種夫は評伝『さすらいの歌』で次のように記す。

> 章子の晩年に詩がなく歌ばかりになっていったのも、この携行し愛唱した「雀百首」の感化もあったのではなかろうか。章子の場合、理論の帰結ではなく、あたかも天の啓示に従うように「雀百首」と同じ三十一文字についたのではないか。

生涯に約八七〇首の歌があるが、詩集が二冊あり歌集はない。五十歳頃から「遠つびと」に投稿を始め晩年の五十七歳まで続く。白秋と章子の虚実ということについて章子の作品から探ってみたい。

・いささかの金を得んとて雨風にいでゆく君が
　傘かたぶけて

「後記ザンボア」初出のこれは紫烟草舎時代の歌である。『雀の卵』の大序に、「私と妻は食ふや食はずとなった、残つてゐるものは妻の琴と仕舞の扇とあはれな書斎の器具だけになった」とあるが、極貧時代で質屋に行くときだろう。食うや食わずながらどこかしら甘やかである。章子の生涯で最も幸福な時代と言えよう。

・さは桔梗おのがこゝろの紫は秋山ふかき湖《みづ》に
　こそうつせ

白秋との離別八年後に刊行された詩文集『女人山居』の巻末の歌で、湖《みつ》は手賀沼である。柏市増尾の少林寺には、没42年後に立てられた歌碑「手賀沼の水のほとりをさまよひつ芦刈る音をわがものとせし」があるが、この透明な佇まいは慕わしい。〈呪詛の壺〉を抱き、ふらふらと沼辺をゆくさまを見て「京のおばさんがへんになった」と村の子供たちに噂された章子が、後に結婚する中村戒仙と大徳寺に入るまでの一年足らずの侘住いの頃の歌である。

・茶のひぢり千の利休が墓守は猫をかゝへて酒
　のみてをり

これは詩集『追分の心』に収録されている。章子が暮らしていた大徳寺の聚光院は利休の菩提寺でもあった。自らを「利休が墓守」と詠む。生田春月の自殺に大きなショックを受けて自暴自棄になっていた時の歌。こんなことで大徳寺の顰蹙をかうことになるがこの年に大徳寺住職の戒山と結婚、その八年後に離婚する。

春月の菩提を弔うためと、自身の病気平癒を願って昭和6年1月～5月まで、西国巡礼の旅を続けるが、次の三首はその折の歌で、「巡礼記」のタイトルがある。

・七重八重つらなる嶺のほがらかさ霊鳥なきて
　山ひそかなり

のびやかで大きな景が見えてくる、鳥の鳴き声が聞こえながら、全体には森閑としたひそけさ、静謐な佇まいが漲る。

・甘酒がめのふたにほしたり菅笠を杖もやすま
　すかりのいほりに

主観を入れずに景だけで立っており、懐かしい情景が見えてくる。

・心より思ふ人さへなき身とて今はいとはじ死よつれてゆけ

春月を詠んだ歌だが、戒仙と結婚したばかりでこう詠む、しかしその一瞬の魂の叫びは真実だろう。理性が働くと歌が濁ったり弛んだりする。一瞬の修羅を歌に留めればいいのかも知れない。表層的で格好よい、とでも言おうか、一直線に過ぎて、切実な心の陰翳やぎりぎりの声は聞こえてこない。現代短歌の感覚で読むと、生で声高ではある。

・かんにん袋きれてうれしや女二人頭丸めて心やすしも
・江口章子これよりわれのかへるべき独《ひとり》のみちの墓場までつづく
・白秋の雀百首の歌の本一冊もちて京にかへりぬ

昭和12年（五十歳）、終の住処と決めた蓼科観音堂の増築を思いたち、本格的なお堂建立を思い立つが、蓼科からの帰りの列車内で脳溢血に倒れ、岐阜県多治見の病院で治療後、そのまま吉祥寺で半身不随の生活を強いられる。昭和13年、戒仙に無断で離婚届を人に託し、剃髪して妙章となる。同15年末から養老院入りを覚悟しはじめ、17年に、手に入れた白秋の『雀百首』のみを携え養老院に入る。

・紐かけて死なむとおもふその時にわが猫の来てもつるるがあわれ

養老院に入るときで脳溢血再発の時期と重なる歌だが、現実そのものの持つ衝撃力が漲り、事実の底力とあわれを見せつけられる。

昭和15年になると境涯詠の趣が濃く、沈潜され、静かな澄みきった歌境になってくる。

・旅はかなし牛馬《ぎゅうば》の骨なぞと云はれつつ暮して
　きたり三十年間

「めりやすのだんだら縞の異人服きせて喜びき父と母とが」のような歌もある。〈千両だしても乗りたいものは香々地米屋の蒸気船〉と唄われた富豪の家の〈あこさま〉であった幼少期、北原家の頃は賢夫人と言われた自身への、このようなさげすみの言葉は辛かった筈だが、詠むことで魂を鎮め、乗り越えられたのかも知れない。

・吾胸のおちばもやけてゆく如しほしぐさもや
　し心足らへる

ここでは表現上の工夫が見られる。心象と実景を重ねて重層的に詠まれており、殆どが正述心緒のなか、このような歌は珍しい。

・秋山が近づきて来ぬ足なへの吾に向つて山が
　歩くに
・はらばひてうす墨色の山を見つ山を見る眼の
　あるがうれしき

この二首には自らの命への素心の感動が滲む。心が澄み切っており、こんなふうに歌えることに戦慄する。この二首を歌人江口章子の絶唱と位置づけたい。

・小さなるみかんの樹にも小さなる蜜柑がなれ
　り青き蜜柑が

ことさらの意味はないのだが、「みかん」の語のたたみかけによるリズムが心地よい。無意味の清々しさ、歌の音楽性ということでは白秋の歌にも通じるものがある。

・明鏡にうつしてはぢぬ心なりよく来ませりと

君を迎へぬ

絶筆の一ヶ月前の歌である。「明鏡にうつしてはぢぬ心」は、地鎮祭騒動に関わることであろう。白秋の死後、自分で名付けた白秋の戒名を養老院の仏壇に祀り過ごしていた。そのあわれさは言うべくもないのだが、凜としていながらどこかに艶なものも感じられ哀切極まりない。

「明鏡にうつしてはぢぬ心」は章子のその時の真実の心であると読みたい。

白秋は、大正10年の『童心』の年譜の一行と巻末記で章子を葬り去ったが、章子は死ぬまで白秋を思慕し続けた。

無欲で無防備な章子は感情の赴くままに生きたが、極貧と病床の晩年（十年弱）は、白秋の存在が生きてゆく心の支えであり、力の糧であった。「遠つびと」に歌の投稿を続けることで生きて行けた。

白秋は文藝に対しては、いわば白秋教とでもいうべき自信を持っていたと、瀬戸内晴美氏は述べているが、章子の歌にとって白秋の歌は尊崇する絶対的な経典であったのだろう。

（「十月会レポート」二〇一六年三月）

解説

感性の踊り場

――言葉の世界から現実への回帰

千々和　久　幸

丸山三枝子歌集「日比谷界隈」は、繊細で鋭敏な感性が「抽象の海」から「汚濁の暮らし」の方へ引き返して来る踊り場で歌われている。それは四十五歳を越えて「下り坂」にさしかかった歌人丸山三枝子の彼女なりの「下り方」なのだが、そこに表出された「おとなの女のリアリティー」（島田修三の帯文）には、或る種の痛ましさが伴っているように思われる。

その痛ましさとは、言葉が言葉として自立した詩的世界を目指す往路から言葉が現実のリアリティの方へ引き返してくる帰路に立ち表れた感性の揺らぎ、とでも言うべきものである。

それは「日比谷界隈」で丸山三枝子が新たに獲得した、平明で陰影に満ちた豊饒なリアリティの世界に接して時折顔を覗かせる、いま一つの不安気な表情である。

　四十五歳これよりのちの下り坂わたしはわたしとして下りゆく
　何もかも徒労のようにつるバラが揺れて余剰の紅を晒しぬ
　落ちてゆく眠りの淵に見る夢はふるさとと呼ぶ抽象の海

「四十五歳」の歌は「日比谷界隈」から、「何もかも」「落ちてゆく」の二首は、第一歌集「ひと夏の係累」（1989年刊）から引いた。この二つの歌集に挟まれた歳月は、彼女の短歌にある転機をもたらしたという意味でかりそめではない。

「抽象の海」とは、猥雑で些末な現実の世界の彼方に彼女の感性が創出したメタフィジカルな虹であり、魂の原郷である。彼女をとりまく世界の「何もかも」が「徒労」だと感じ取った感性は、「つるバラ」の

「余剰の紅」さえアンニュイの虹に変えることができた。或いは生きることそのものが「徒労」であった彼女は、「抽象の海」以外は「余剰」のものとして自分に帰属せしめることを拒んだのだった。彼女はその折、自分が一個の抽象的存在になることを希求したのではなかったか。

歌集「ひと夏の係累」の、このように傷つき易く曖昧な詩句にくまどられた歌に比べれば、「四十五歳」の歌はまことにきっぱりと、そして潔く歌い留められている。

今日われは人間嫌い九つの湯飲み茶碗に茶を
注ぎ分ける
かたばみにモンシロ遊び　易々とわれは一生
の半ば超えいつ

かって「徒労」と映った他者との関係は、このオフィスでは七人の敵どころか「九つの湯飲み茶碗」を共有する同志の関係としてある。彼女に今出来ることはこの九人の同士と折り合いをつけ、せいぜい「人間嫌い」という呪文を唱えることでしかあるまい。いや、そのような毒でわずかに身を立て直すほかはないのだ。或いは「易々とわれは一生の半ば超えいつ」と、嘘っぽい鼻歌のひとつも歌って虚勢を張るしかないのだ。

「抽象の海」で美の宇宙へ向った彼女の感性は、新たに「汚濁の暮らし」の中にある「普遍の真理」に即こうとしている。この帰路でさしあたり彼女が手にしたのはこの二首に体現されている、毒によってわれとわが身を守るか、虚勢を張ってシラを切り通すという方法である。これが彼女の「下り坂」の、彼女なりの「下り坂」のように思える。

ビルという真昼の森に貌のないわたしが繋る
汚濁しながら
素通しの風のホームに立っている吾は一本の
草臥れた棒

平明である、ということはすでに痛ましい。言葉の世界の呪縛を逃れて「暮らしの汚濁」のただ中に身を置いたこれらの歌には、不安やためらいどころか居直りすら見てとれる。

ああ、だが「貌のないわたし」が「汚濁しながら繁る」とか「吾は一本の草臥れた棒」などと、いま無防備に歌い流してはいけないのだ。現実を言葉で再現すればまったくこの通りには違いなかろうが、これでは言葉の隙間からリアリティがこぼれてしまう。居直るつもりが、自分の手の内を曝け出しそっくり自分の魂まで「汚濁の暮らし」に売り渡すことになりはしないのか。

さっき見た鴨とは違う　この鴨とどこが違うか聞かれても困る
日本紙業の煙突が煙吐きいるを見ながら来たが帰りにも見る

言葉の世界のリアリティが現実の世界に回帰していく途上で歌い出されたこのような歌も、わたしにはどこか痛ましいものに思える。有り体に言えばいま流行りの「ただごと歌」であり、「面白短歌」である。むろん、そのこと自体は咎められるべきことではない。なるほど、彼女の機智や感性をその詩句から感じ取ることはできる。「ただごと歌」としてはむしろ上質の部類に属するのだろう。だが、巧みであればあるほど痛ましい。なぜなら、今更この手でどう身を捻ってもエピゴーネンの枠を越える気遣いはないのだから。

あかつめぐさは褪せて捨てらる四五日をオフィスデスクに飾られしのち
てんぷらを黙って口に運びいる彼もわたしも常識が好き

「ひと夏の係累」が抱えていたアドレセンス特有のアンニュイは、ここではさらに断念を深めるかたちで表出されている。「あかつめぐさ」に心を寄せても、彼女はもう不用意に横隔膜を震わせはしない。常識と差し違える覚悟がなければ「常識が好き」などと口にすることはできまい。臆面もなく素っ裸の自己を曝すことがおとなの、暮らしのリアリティである筈はないのだ。現実の世界のリアリティに即くには、それなりの武装が必要だ。そのことを彼女の感性が察知した時、彼女の感性はその踊り場から「上り坂」へ軽やかな飛翔を遂げるだろう。

（「晶」二五号、一九九九年）

主体と客体の距離

——歌集『日比谷界隈』評

村島典子

昨秋、安井曽太郎の生誕百十年記念展を見た。丸山三枝子さんの歌集『日比谷界隈』を読む機会を得てから二ヵ月ほど後のことだ。曽太郎が、客体からも主体からも程よい距離をもった独自の画風を獲得するまでの、苦悩や努力を、その時代を追った作品世界に見ながら、『日比谷界隈』の歌のことを考えていた。わたしにとって、この本の面白さは、歌集の構成や作者の日常にあるのではなく、一首一首の歌にある。それぞれの歌を展覧会の絵を見るように味わう。作者像を追うたのしみではなく、一首一首の姿を見るたのしみをもって。あとがきで作者は、「表現の基本を〈リアリズム〉に置く」と述べたうえで、「一つの感動を正確に伝えることによって、それが普遍の真理にまで届く、あるいはもっと大きな、深い詩の領域にまで広がるような作品」を目指していると言っている。じつは成熟期の安井曽太郎の絵も、写実によって対象の主観的真を的確に捉え、いきいきとした実感を表現する手法を獲得しているのである。

大使館前の並木を潜り来て振り向けばさくらもう一度咲く
西門を統べる辛夷をふり仰ぐ入るとき仰ぐ出るとき仰ぐ
前を行く男がしきりに見上げいし木の下に来つ　ただの槻の木

作者の視点というか、位置がひじょうに明確である。一首の中心点は、内容とは無関係に定っていて、図面のように構成されている。つまり絵画的であると言うよりは数学的であると言うことができる。たとえば二首目の歌などは、単に〈仰ぐ〉という言葉を三回繰り返すだけでなく、軌跡を描くようにである。そのうえ、この集には数字を詠みこんだ作品が多い。〈あと三十分しかないと吾は言い彼はまだ三十分あると言う〉、少し無意味を感じさせるこの歌などは、数字だけでなく、対比という観点に立っても、丸山短歌の特徴をよく表している。大きさ、量、重さ、時間などの数字への関心が、作者と対象、対象と空間、空間と作者の関係性をいっそう明確にしている。否、丸山さんの短歌の独創性はこの関係性にこそあるとわたしは考えている。

藍は藍　あかねはあかね　自分の彩に濡れてゆく花菖蒲
振り向けば咲いていたんだ夕顔はわたしをからかうようにぱっと
街空の縁ほの紅く染めているさくら百本潜りてゆかな

花の歌三首。切り取ったような一首目は、絵画的であると同時にひとつの存在の認識でもある。二首目も存在の再認識であるが、時間のなかの一瞬の出会いを詠っていて、明るく、しんと淋しくなる歌だ。三首目は空間を潜っていく時間の美しい作品。しかも三首とも、鮮やかな空間を浮き立たせている。

心だけ持って来いよと言うからに単線電車に
身体を運ぶ
何もかもうまくいかないジーパンが欅通りを
横切って来る

応答のように並べられたこの二首は、言われた通り、大事に心を容れた身体を運んできた作者と、相手との出会いが、洒落た表現によって、面白い存在の認識に導いた佳品である。〈心だけを運んで行った一人〉と〈何もかもうまくいかないジーパンの一人〉のまっすぐでさわやかな、良質の関係性を読者に差し出している。心という抽象を身体という具体に、あるいは何もかもうまくいかないモノとしてのジーパンに表象される主体、この主体と客体の関係は、先に言った、曽太郎の作品世界を思わせるものがある。この二首のすこし前に、〈「右端の大きなあれは何の樹だ」「夜はからすのねぐらとなる樹」〉という対話そのものの歌がある。実際の会話をスケッチして歌にしたこの作品が、とくに成功しているとは言えないが、丸山さんは、会話さえ正確に、ありのままに描くことを、とりあえず実行するのだと思う。その手法は相対的であるだけでなく、ひとつの秩序すらもっているようだ。

わたしは、丸山さんの短歌作法から一つのことを学んだ。余計な感慨を述べず、リアルに対象を描く、あるいは関係性を明確に写しとることが、存在へのひとつの問となりうることをだ。

池のほとりに一人二人と寄りて来て水の面に
影増えてゆく
言うなれば靴底の外側ばかり減らすあなたを
わたしは選んだ
ものごとの先へ先へと廻りゆく姑のうしろの

作者は、そのままを描くことそのことが「詩」となりうることに、早くから気付いていたにちがいない。そのままを描くことはほんとうは、その対象の廻りにある様々なことを捨てることでもあるはずだ。その捨てるという選択は、きわめて意志的、主観的に行われていく。そこには、作者の生の姿勢も、価値観もおのずと見え隠れする。一見客観的であってもそれは客観的主観とも言えるものなのかもしれない。

さらに数字と同じくらい、固有名詞が詠みこまれている。なかでも、読者には未知な人名が作品にどんな効果をもつのか興味深い。〈確実に迫り来る死と真向いていたりしならん田原正治〉〈おふろから上がってこない　また水と遊びいるらし知命のちささん〉〈英和辞書繰りては繰りては返答をくれたり若きアラン・カダール〉もちろん、その前後の作品によってその固有名詞が歌の主体を演じてはいる。けれども逆に、固有名詞を使うことによって、むしろ一首に個人の感情をおさえて客観性を呼び込んでいるのではないか。

駆け寄って泉のように笑い合う駅のホームの少女と少女

山も濠も昏れてゆきつつ白々とさくら浮き立つ空間がある

二本の腕で全空間を揺るがする指揮者背中にも眼《まなこ》を持てり

夢の中へ今朝も入り来てだんだんに近く呼ぶなりわが山鳩は

これらの歌がもつ客体と主体からの距離について考えている。背中にも眼を持っているのは、作者自身にちがいない。

（「晶」二五号、一九九九年）

浮力と滋味

――歌集『街路』評

花山多佳子

『日比谷界隈』に続く第三歌集である。勤める丸の内の「街路」の四季、日常の何げない折々をすくいとる自然なタッチに詩があり、味わいがある。はじめに、まずオフィスの歌に目が止まった。

とうとつに天下り来し客人《まれびと》を専務と呼びておお仕え申す
十一の湯呑み茶碗を配りゆく巡礼のごと行き戻りして
くしゃくしゃと髪かき混ぜて訴える若き眼《まなこ》をほとりに持てり
切り取ったように閑かなひとときが日に幾たびかオフィスにある

どれも面白い。一首目は作者にはめずらしいズバリの物言いだが、ユーモラスな揶揄がある。二首目の「巡礼のごと」や三首目の「ほとりに持てり」は、職場の日常をうたって、何とふっくらとしたいい表現だろう。自分を含めて情景としてふっと眺めてしまう心の在りようが、歌にゆったりした滞空時間を与えている。四首目もそれがよく表れた歌だ。

約束を果たさんと来て雨の中われは傘さし墓は濡れおり
一列に並んで待てばバスなれど夢を運んでくるように来る
向こう側で誰かがポンと投げ上げたような満月屋根の外れに
運転士のいない電車で中空を運ばれてゆく今日のわたくし

軽みがあって、フレーズ性に富む歌がたくさんある。調べというよりテンポが良く、日常からちょっと浮かんだ童話のような情景の切り取り方とマッチしている。忙しい生活の中での隙間、隙間のこうした歌によって、作者自身も息をついているのだろう。

朝々の出勤には鬱のかたまりのような気力が
必要で

現実にはこうした日々。めずらしく吐露した歌だが「鬱のかたまりのような気力」というのは矛盾していて、そこがリアルで面白い。そうだろうなあ、とすごく納得できる。

暗がりのソファにきちんと掛けているラジオ
聴くのに電気はいらぬと

目を瞑るははの身ぬちにゆっくりと流れ込み
いる誰の血液

言い分を溜めいるこの子フォーク持てばとり
あえず肉に専心するらし

「明日《あした》六時に起こしてくれ」真夜中をまだ帰
らない息子の電話

ところどころにある家族の歌も面白い。一首目は姑の歌だが、誰とはわからずとも、一人の昔気質の食えないさまが、実によく把えられている。二首目、輸血という説明をしないで結句に「誰の血液」としたことで、或る不気味さが出た。息子の歌も、いかにも日常の若いものの一コマを、いきいきと事実のみで描いていてユーモラスだ。ふんわりした歌が多いけれど、客観的なリアルなまなざしを持っていることが、よくわかるのである。

螢とぶ馬のばんばへ抜ける径が幾筋かありき
夏の故郷に

見えざるは見えざるままに過ぎゆきて師走と
なりし街路の寒さ

作者の故郷は能登。能登の風景の歌は魂が入っていてどれもいい。回想の、螢につながる幾筋の径、そして現在の「見えざるものは見えざるままに」過ぎる日々の「街路」。どちらの道も深ぶかとした人生の滋味を湛えている。

（「短歌往来」二〇〇六年二月号）

屈折のちから

――歌集『街路』評

五十嵐順子

歌集の著者を（いささかなりとも性格も）知っていることは、評を書く妨げになりもし、助けにもなるが、この稿が後者であることを願う。もちろん作品のみで評はなされるべきであるが、作品が生む作者像と実像のあいだに生じる微妙なずれには興味がある。作品のうちにその人の外見や言動からは見えない本質を見出す楽しみ、ともいおうか。

丸山さんの歌集によって見えてきたのは、私が知っている細身の外形や、気配りのゆきとどいた温和な感じ以上に、強靱であり、屈折した思いを内包している作者だった。

和辻哲郎は『風土』の中でユーラシア大陸を三つの地域に分かち、日本を含む東アジアの風土にある人々は「モンスーン的な受容性」と、「モンスーン的な忍従性」を持つとしている。これを細密に解釈すれば、日本の表側と裏側、また北と南では、その風土の影響を受けた人間性があるということだ。『街路』は前歌集の『日比谷界隈』とともに、丸山さんの職場のある日比谷を作品の場の一つとしており、洗練された都会人と、故郷能登半島の風土の二重の性格を持つ、といえる。

丸の内仲通りが好き彫刻の〈根も葉もない
木〉にしろがねの雨
とうとつに天下り来し客人《まれびと》を専務と呼びてお
仕え申す
ベッカムを知らなくてしばらく我は職場から
切り離されており

本紙36号に「わが街日比谷」のエッセイもあるが、丸山さんは日比谷界隈をとても気に入っていることがわかる。無機質で機能的、美しく清潔な都市に、意外と豊かな自然があり、ちょっと苦味のある人物批評も織り交ぜた歌の世界である。一首めの歌は人工のものと、自然のとりあわせがあざやかだ。二首めは「お仕え申す」に皮肉があり、三首めでは自分自身を揶揄しながらもしなやかに受けて立つ強さもみえる。

しかし都市生活の中に見え隠れするわずかな「居心地の悪さ」に、私は敏感になってしまう。

伴われ巡りゆきつつわたくしは東京ディズニ
ーランドの異物
つきなみの歓声あげてミレナリオ愉しむ群集
の中にいたりき

街も山も川も人工、夢のアミューズメントパーク東京ディズニーランドの賑わい、年末の丸の内を飾るきらびやかな電飾ミレナリオ。それは都市の繁栄の象徴でもある。群集の中にいて自分も楽しんではいるが、さめて自分を見つめるもう一人の自分がいる。都市の対極として出生地能登を思う作者である。

雪しまく故郷と聞けば春雪を呑み込みて昏きわれの海原

人容れぬなだりに白き山ざくら帰らねば匂うふるさとの山

海原の外れに低くせり出せる猿山岬　あれはうぶすな

父母が老いて住み、心の拠り所であるふるさと。その暖かさと優しさはいつも支えであろうが、「昏きわれの海原」「帰らねば匂う」には故郷に寄せる「痛み」も感じられてならない。

母の句集編まん電話にくりかえし幸せと母に言わせておりぬ

また縮み出湯にすっぽりつかりいる母に俳句のありて良かりし

その故郷には俳句を詠む母上がいて、出郷して同じく歌を詠む妹さんと句集を編纂・発行した。地名をとって『猿山』という。その句集のあとがきに丸山さんはこう書く。

—略—私たちは、二十代でふるさとを捨て、ひいてはふるさとに捨てられたよそ者の気分を払拭できないでいます。—略—海鳴りの他は何もないような浦の浜辺に父母を置き去りにしたまま、他郷に果てるであろう結果になってしまったという後ろめたさを、常に裡に抱え込んでいる心境なのです——

ふるさとを出た時に、ふるさとからも捨てられた、という思い、これが私の感じた「屈折感」と重なる。まるで贖罪のように編まれた、といっては語弊もあろうが、この孝行娘たちの母上中本富女さんの句がすこぶるいい。多くを挙げる紙幅がないが、

雪しろの海へ落つれば海の色

洲浜草秘境に生れし事悔いず
　厨子灯し吹雪を来ると云ふ子待つ

と、能登半島の自然や人事を詠んで、二人の歌人を生んだ豊かな感性を見せている。

　から梅雨の崩る頃に読み了えて一万二千句
　つくづく一茶

という作品。一茶は若き日に江戸で働き俳諧を学び、五十歳を過ぎてから故郷信州柏原に帰りそこで没した。一茶の不幸せな境涯は作品と共によく語られるが、ひとたび江戸で文人と交流のあった一茶の、地方での生活の鬱屈をこそ思いみる。丸山さんは「秘境に生れしこと悔いず」という富女さんの、心底の辛抱を一茶に重ねたことはなかっただろうか。あるいは一茶を読んで、帰ることの無残を自分に言い聞かせはしなかっただろうか。犀星の詩の一行を記すまでもないが。

　ひねくれの原風景にくらぐらと波のはな飛ぶ
　冬の岩原
　震えつつ夕日すさりぬ　かたくなに心閉ざし
　てきたりし半生
　かたくなの心ひとつを犀川へ流しに行こう春
　になったら

　第二歌集までの丸山さんにはこの種の表白はなかったと思う。都会生活者として身構えることも少なくなり、ふと現れた本音のような屈折感を、矯めた力として私は評価したい。それはまぎれもなく故郷能登の風土を背負うものであり、面を外した姿である。そして必ずや跳躍のばねとなるだろう。
　家族・親族をめぐる作品、大切な人たちとの別れの歌、挙げて言及したい数々はあるが、まず歌う主体としての作者が勁くかつしなやかに一歩前進したことを作者とともに喜びたい。
　最後に次の船出を象徴するような私の好きな一首

夕雲の縁《へり》かがやけばきわやかな一艘の舟樹林はかかぐ

（「晶」五三号、二〇〇六年）

伏流水の時間
――歌集『街路』書評

小林幸子

丸山三枝子さんと出会ってもう十年ぐらいになるだろうか。七年前から私たちの同人誌「晶」に参加された。歌会で丸山さんが歌を選ぶ基準として言うのは、「シンプルな言葉で情景や事物を描いて、奥ゆきのある作品世界をもつ歌」ということだ。そのために有効な言葉を択び、表現を限界まで削ってそこに生まれた空間へ読み手の想像力を引きだすことを作歌の基本においているようだ。たとえば歌集のはじめのほうにあるつぎの一首も記憶に残っている。

・水玉の傘さしてゆく一年をプラハにありて帰って来た傘

表現は簡明でリズム感のあるさわやかな歌だ。「水玉」という傘の模様と「プラハ」という地名がよく効いている。プラハに滞在していたのはだれか、傘はだれのものなのかはうたわれない。それゆえにプラハの古い街をぬけ、モルダウ川を渡ってゆく水玉の傘だけが想いうかぶ。いまその傘をさしてゆく作者の憧憬が傘のなかでゆれている。水玉の傘にふるしずかなあかるい雨。——

丸山さんの前歌集『日比谷界隈』にも勤めている日比谷の都市風景や職場の歌があったが、『街路』の職場の歌はさらに自在になり、ゆったりとした気息でうたわれている。

・とうとつに天下り来し客人《まれびと》を専務と呼びてお
仕え申す
・十一の湯呑み茶碗を配りゆく巡礼のごと行き
戻りして
・くしゃくしゃと髪かき混ぜて訴える若き眼《まなこ》を
ほとりに持てり
・切り取ったように閑かなひとときが日に幾た
びかオフィスにある

職場のふんいきがいきいきと伝わる歌だ。やわらかな言葉で天下りの専務を揶揄している一首目。お茶汲みの歌も空間を遊泳するようなのどやかさがある。いまどきの若ものの面影が髣髴とする同僚の歌、丸山さんは聞き上手なひとなのだ。「客人《まれびと》」「巡礼」「ほとり」というようなたおやかな歴史的な時空をはらむ言葉を作者はこの歌集の時期に手にいれたようだ。四首目は私のすきな歌。時間の余白のような静寂のなかでほうとしている作者が見えてくる。どの歌も作中主体は場面のなかにとけこんでいて、作者はそれをさりげなく差し出す。我を突出させず存在感のある主体を感じさせる。

対象との距離を適度に保ちながらうたうという手法は、家族の歌も同じだ。夫、娘、息子という家族に加えて、この時期同居することになった姑の歌も多く、それぞれ味わいがある。

・暗がりのソファにきちんと掛けているラジオ
聴くのに電気はいらぬと

・「明朝《あした》六時に起こしてくれ」真夜中をまだ帰らない息子の電話

・言わざれば問うべくもなし手賀沼の花火見に行くゆかた着せつつ

・おとうさんのお墓の前でひとつずつおはぎを食べる彼岸の家族

一首目は大正生まれの姑の筋の通し方がその言動から見える歌だが、暗がりでひとりラジオを聴いている姿には寂寥感がにじむ。「いきいきと悪口雑言吐くはははの心ゆくまで悪人殖やす」という歌もあるが、批判するというより、それもいいよと肯っている作者が「心ゆくまで」に感じられる。仕事を持ちながら姑の世話をするのはたいへんなことだ。だがことさらに看取りをうたう歌はない。姑の姿を通して一人の人間を深々と見つめている。息子や娘の歌もそれぞれのキャラクターを立たせながら、母の目がそっと添えられている。四首目はモノクロの写真のようになつかしい家族の原風景、永い時間を湛えた歌だ。対象との距離の取り方がほどよい職場や家族の歌に対して、ひたぶるな故郷恋いの歌がありどれも心に残った。

・母の掌の跡残りたるのし餅を切り分けてゆく世紀のはざま

・人容れぬなだりに白き山ざくら帰らねば匂うふるさとの山

・蛍とぶ馬のばんばへ抜ける径が幾筋かありき夏の故郷に

・そんなに神経を遣わなくていいよ　しどろもどろの弟の眼よ

のし餅に残っている母の掌の跡が故郷の温もりを一気によみがえらせる。ふるさとの山のさくらは、帰れぬ作者のめぐりに匂い立つ。記憶のなかの故郷の蛍とぶ径は現実と夢の境界のような風景を呼び起こす。四首目のように、故郷の父母や弟や妹、血縁の歌は作者にしては距離が取り払われ、素直な思いがあふれていて、私はすこしほっとする。能登半島の岬にある、小さな入江に囲まれた故郷に父と母がいて、いつも娘の帰りを待っている。故郷能登の風土が作者の人と作品にあたえた影響も大きいのであろう。

職場の歌、家族の歌、故郷の歌の間に、作者のひとりの時間の表情をふっとのぞかせる歌がある。

・一列に並んで待てばバスなれど夢を運んでくるように来る
・一日が黙って暮れると括りたる手紙にわれは励まされおり
・湖の深きところに伏流のあるらしゆっくり水面は動く

一首目は「バスなれど」にかすかな屈折がある。よろこびを待つように並んでバスを待つ。その夢のつつましさがいとおしく、すこしせつない。二首目は直截に心情が伝わって来てこころに響く。こういう正述心緒の歌も丸山さんの一面である。

降って来るものをすべていったん受容して、しずかに押し返し、水面に存在の気配や風景を浮かびあがらせる伏流水の力を思う。

水底の砂礫の間に流れ込んだ水がしずかに動き、その力が水中を伝わってゆく。それは、丸山三枝子の歌の生まれる時間なのではないだろうか。日常の場面を瞬時に切り取ったような歌、歌のリズムにおのずから言葉が立ち上がってきたように感じられる歌も、実はこのような伏流水の時間をくぐっているのだ。それゆえに読者が一首の上にとどまる滞空時間が長いのであろう。風景の内面の奥深いゆらめきをみせる歌を終わりに抽いておきたい。

・ふり仰ぐさくらにさくら重なれりふかき水沼《みぬま》を仰ぐと思う

（「香蘭」二〇〇六年七月号）

もののはずみに
——歌集『歳月の隙間』

島田修三

・幼児期の息子に呼ばれいるような　日傘まわして切り通しゆく
・階段を上がり下りしてこの家で大人になりし息子が出てゆく
・板橋区仲宿通りを日傘さし齢をとりたるわたくしが歩く

こういう歌が本集の基調低音として静かに流れる。アポリネールの「ミラボー橋」に「日も暮れよ　鐘も鳴れ　月日は流れ　私は残る」（堀口大学訳）という一節があったが、私のいう基調低音はこの一節のトーンと重なるところがある。幼い息子の手を引いて炎天下を歩いた昔も、板橋区仲宿通りの夏を歩く今も、変わらず「わたくし」は日傘をさしている。

しかし、二つの日傘のシーンの間には、幼児が大人となって母のもとを去るまでの長い人生の時間が流れているのだ。

「わたくし」は確かに齢はとったが、ひとり歳月のはざまに取り残された印象を帯びる歌がある。

・放心のシャープペンシルひるふかき駅のホームのベンチの隅に

・ねばねばのモロヘイヤなど食べている　もののはずみに老年は来て

もの憂い時間帯に置き忘れられた「放心のシャープペンシル」は、或る時の作者の分身である。カロチンやカルシウムの補給を意識する年齢にはなったが、ある時、それは「もののはずみ」に来たかのようにしか思えない。

老いに抵抗しているというのではない。足早に走り去っていった歳月にふと覚える、めまいのような感覚といえばいいいか。

・枇杷の実は静かに熟れていたりけり毎月通る路に仰げば

・カーテンを繰れば静かに立っている今朝の欅は曇天のなか

・夕空にさびしく刺さりいたりしが東京タワーはっと点りつ

情感を軽く添えながら、さらりと風景を叙した歌である。一月ぶりで見ると熟れていた枇杷、曇天にそそりたつ不動の欅、どこか痛ましげな東京タワー。どれも読む者の心の陰影に触れる独特の含蓄を湛える。

（「現代短歌新聞」二〇一三年一月号）

したたかな〈自然体〉

――歌集『歳月の隙間』評

清水亞彦

苔むせる石段下りゆきながら大事なことは言葉少なに

歌集を編む際、作者が心に留めているのは、まさにこういう方向なのだと思う。大事なことは言葉少なに。御家族、犬のコム君、歌仲間、そして「歳月の隙間」を折節浸してくるものとしての故郷。丸山さんの、大切に感じている人や事柄が、一冊には繰り返し詠まれているけれども、それは、過剰なレトリックから開放された、独自の品位を保った詩として読者に手渡されていく。集中、殆どの連において歌数は抑えられ、代わりに同じモティーフが、離れた頁で反芻される。お父様の葬、お子さんの婚、職を退いてからの「歌」との関わり。生活者として決して小さくない筈の節目を、作者は、日々を暮らす心のさざ波に裹みこむようにして、一冊に配置していくのである。

赤茶けし箱の背文字の『樗風集』掠れいたるを指になぞれり

口絵なるぶどう一房褪せしかど山口蓬春の筆の漲り

『樗風集』昭和十三年六月十五日発行定價貳圓参拾錢

奥付に村野の朱印しるくして香蘭叢書第壹編『樗風集』

六十七年君に大切に護られ来し『樗風集』なりおろそかならず

例えば、開巻ふたつめの連には「歌の大切」について、こんな風に提示される。一連五首、一冊の書物を詠んで、これ以上ない程に刈り込まれた詠み口だろう。おわりの一首を除けば、言葉は全て本の外観描写にあてられ、中身に関して、ひと言も触れない。それが「香蘭人」の心の拠り所である村野次郎の処女歌集であること、更には本人が望んだものではない白秋との葛藤を経た後に、一家を樹てる標でもあったこと——それらを敢えて肚に収めて、撰ばれた表現である。おそらくはこうしたアプローチだからこそ、「香蘭叢書第壹編」という措辞が際立ち、五首中四首に繰り返される『樗風集』という書名が、輝きを帯びるのだろう。幾らか妙な言い方をするなら、表立って「歌」に詠み込まない事で、かえって「確実に伝わるもの」について、作者は鋭敏なのだと思う。それはこの一連に限らず、歌集を読みつつ、至るところで感じられることでもある。

巻尺を持ちてぶつくさ言うむすめ春の窓辺を行ったりきたり

まごまごとしているうちにつつと来て白無垢姿の尚美が立てり

太郎の婚の席にたどたどと述べており太郎を太郎と名付けし理由

集中に登場する娘さん、息子さんは、じつに魅力的に見えるのだが、その魅力の過半は、やはりこの省筆の骨法と、唐突な「婚」の歌によって醸し出されるものだろう。通常の行き方であれば、恋愛なり、仕事に携わる様子なりが示されたのち、婚礼当日を詠んだ歌が置かれたりするのだろうが、此処ではいきなりのユーモラスな一首で、さらりと報告を終えてしまう。

同様に、ご両親を詠んだ歌でも、離れて暮らす負い目や、喪の悲しみを前面に立てるのではなく、ある「懐かしさ」を中心に据えた造形がなされているから、大部の連を列ねる以上に、その思いが読者へと伝わって来るのだと思う。

玄関に卯木たっぷり活けられてバケツにもある五月の母の家

母はまた約束やぶり細螺《しただみ》をとりにゆきたり朝

の渚へ
去年の秋逝きたる父を曳きつれて常念岳のふもとに遊ぶ

一首目の「バケツにもある」、二首目の「また約束やぶり」、三首目の「曳きつれて」。いずれも、それのみを抽き出してみるなら、特別とは感じられない措辞が、歌の「切り口」に呼応するように、その趣きを増している。作者は「あとがき」のなかで〈自然体の歌〉を標榜するが、それは当然、こうした措辞への配慮と自負を含んだ上での〈自然体〉なのである。

勿論、こうした〈自然体〉の機微は、丸山さんの長い歌歴が育んできたものだろうが、同時に、自身生来の気質への、確かな把握に基づいて、撰び採られたものとも感じる。

さびしさの中上健次を言う人に見当外れの返事しており

おしなべて口無しのわれを伴えるあなたのつまらなさが響くよ

他人と時間を共有する際の、ちょっとした「齟齬」について詠みこまれた作品は集中に多く、そこで興味深いのは、何時でもその要因を、自身の側へと引き受けること。「見当はずれの返事」「口無しのわれ」と、いっけん「負」の自己認識を、重ねるように引き受けながら、実はそこに、歌を詠む足場を、より強固に設えていく、したたかな手際が見てとれるのだ。

こんなにも雁字搦めで生きてきた俺よと嘆くかたえに酌めり
聖橋ぶらりと渉りゆきたりき長生きしようぜと言い捨てて

だから、聞き役に徹し、観察者に徹したときの作者は、凜と構えて、艶っぽい。「雁字搦めで」「言い

ないだろうか。

（「晶」八一号、二〇一三年）

捨てて」と、回想のなかの一場面が、たとえ哀しみに裹まれたものでも、作者一流の〈自然体〉の足場は、その哀しみを、歌を通して、反転させずには置かないのである。

放心のシャープペンシル昼ふかき駅のホーム
のベンチの隅に
恍惚と明るい墓原　奥之院のかぞえきれない
　墓の恍惚

一冊にはまた「放心」「恍惚」といった語を伴いながら、詠まれた旅上の「景」も多いが、これらも先の人事の歌と、微妙に重なる視線によって詠まれた作品のような気がする。
「放心」「恍惚」とはいっても、そこに感情移入はなく、むしろ、私が「私」として在る如く、景もまた「景」として充足している——そうした自他の境界を、明瞭に意識するところに生まれた、さらりと抑制された「挨拶」——そんな趣きが、そこには感じられ

歌のふところ
――歌集『歳月の隙間』評

なみの　亜子

初めて読む歌集なのに、ずっと親しかった気がする。丸山三枝子の歌には、ごく自然に読み手を歩み寄らせる佇まいがある。歩み寄ってみれば、そこには親しみ深い言葉と程よい抽象化がつくり出す歌のふところがあって、とても魅力的なのだ。

支えたる箒もろともちりとりは雪かぶりおりあしたの庭に
ある日つとここに立て掛けられしまま草臥れはてて竹箒ある
わがものとなりし小鈴は鳴りながら下りゆくなり石の階段
ありふれし小鈴なれども身に触れておりふしに鳴る　鳴れば淋しく

歌集前半の「箒」と「鈴」の歌。忙しく過ぎる日常のなかで、こういうものにまなざしが向く、というところにまず立ち止まる。次から次へ新奇な「物」が溢れる時代の、どちらかというと時代遅れな姿と用途の「箒」「鈴」。だが、この歌の作者はそういう物に目がいってしまう。気にかかって歌に詠む。人との付き合いの長い「物」には、それだけの語りが紡がれている。丸山の歌におけるそんな物の語りの大切にされ方に、人をひき寄せる佇まいがはらまれているのである。

一首目の「箒」は「ちりとり」を支えている。それが「もろとも」雪をかぶっているよ、と言う。その様子を具体的に描写するのではなく大まかに抽象的に言うことで、箒とちりとりという物の存在を、雪がその上に降り積もるまでの時間をもぼうっとはらんだものとして描き出す。二首目の「竹箒」は、「ある日つと」立てかけられたまま、どれほどの時を経たのか。ここにもまた物の存在だけがふうっと現像されながら、その内側から時の語りが聞こえてくる。三首目。四句までのしっとりとしつつ律動感のある調べが、歌のなかに「小鈴」を鳴らす。さらに結句の「石の階段」によって、段を降下する際の身体的なリズムが呼び起こされる。叙述ではなく、調子と身体感覚によって聞こえてくる、一定の拍動をもった鈴の音。四首目は、四句までの小気味いい調子が、一字空けと結句の「鳴れば淋しく」という言い差しでふっと「小鈴」の鳴りを乱す。そこに「淋しく」という心情が揺り出されてくる。「身に触れておりふしに鳴る」という言い回しの妙にも、抽象化のプラスの力を思う。言葉自体を力づくで立たせたり、組み合わせたりするのではない。あくまで馴染みの深い、よく使い込んでやわらかくなっている言葉を、定型にごく自然に寄り添わせるように運びながら、つぶさに細密に描き切らないことによって空間を作る。そんなふうにして在る丸山の歌のふところは、居心地がいい。

小さなる池はさくらの花びらを敷きつめて苑
に浮上しており
山門の六百年の大欅どうってことはなかった
と言う

自然の歌もまた、その対象の表情が独特のふくらみをもって表現されていて、味わいが深い。一首目は「小さなる池」を主格的に詠んでいながら、いつしか無数の「さくらの花びら」がそれを凌駕し、朧化してしまう。歌のなかの具体が「池」と「さくらの花びら」だけであることが、ぼやけるようなふくらみを生んでいるのだ。一点、第四句に来て、「敷きつめて」「苑に」の句跨がりが景を大きく動かす。池が「浮上しており」という表現の飛躍と相まって、一気にさくら色した幻のような池が浮かび上がってくる。静かだが迫力のある歌。二首目は「山門の六百年の大欅」の圧倒的な存在感が、下句のさばけた内容と口調をいきいきと響かせる。「どうってことはなかった」という、大した意味はないのについ口にしてしまう、そんな日常語が不思議な実感をもたらしてもいて、面白いと思う。本歌集には旅先の景を詠んだ歌も多いが、詠もうとする対象ごとにまなざしがあらたにされ、絶妙な抽象化によってその対象が対象ならではの空気や空間性をまとう。通りいっぺんの旅行詠ではない。

病院に父を残して来し実家　草の実のせてサンダルがある

夢の中の母は若くて鶸いろの風呂敷づつみを抱えていたり

コートの肩を濡らして息子が帰り来ぬ静かに雪の降る夜なりけり

巻尺を持ちてぶつくさ言うむすめ春の窓辺を行ったりきたり

ベランダに置かれしあおき紫陽花に一人ずつ寄るひとときありぬ

家族へのまなざしの注がれ方には独特の情感があって、そこに惹かれる。一首目、病む老父や淋しくなっていく実家に対する心情が、「サンダル」のぽつんとした在りようでもって描かれる。「草の実のせて」の「のせて」のほのかな擬人化にも、感情が滲む。二首目の「鶸いろの風呂敷づつみ」という記憶の具体性の悲しさ。父母への思いの悲しさは、無事でいた頃には気にもとめなかったその人の物や流儀が、ふと鮮明に詳細に思い出されるところにある。抽象化のなか「風呂敷づつみ」という具体だけがなまなまと在るこの一首は、そんな追慕の感触をよく伝えてくれる。一方でまだ若い息子や娘を詠んだ歌は、その人物がまとう空気をしっかり抱えたかたちで描かれる。そこに、その人の息づかいが通う。五首目に引いた歌のように、丸山の家族の歌には、家族を家族という単位でくくって捉えるのではなく、一人一人、異なる奥行きをもった人間として見るまなざしがあるのではないか。「一人ずつ寄る」という把握が清々しい。

明け方の夢の岩場に細螺《しただみ》をさぐりいたるは母の掌ならん

うち連れて尋ねし北の小さき寺にしぐれてありぬ左平次の墓

前を行く友もあとから来る友も傘さしており雨の林道

おはよう、昨日は濡れて立っていた丸いポストに葉書を落とす

歌の鑑賞を離れて、ああ好きだな、と思ってしまう歌もたくさんあった。しみじみと、短歌を読みそこに人間や自然が奥行きをもって現れることの味わい深さに、ひたらせてもらった。

（「晶」八一号、二〇一三年）

自省より自愛へ

――歌集『歳月の隙間』評

渡辺　礼比子

『歳月の隙間』は、丸山三枝子さんの第四歌集である。これまで丸山さんは、歌集を出すたびに前作まではがらりと変わった新しい傾向の歌を発表してきた。今回は、どのような作品世界を見せてくれるのか、胸を弾ませながら頁を開いた。

・海鳴りの昼夜を分かずと嘆かえばすさまじき冬浦に来ていん

・大切の船を舫うと荒海に呑まれし壮《わか》き命そこまで

・「子どもらが来ルラシイ……」黒板の暦に遺る父のかなくぎ

まずは、原点にかかわる作品をあげてみた。一首

目には、電話のこちら側で離れ住む父母を思い、日本海の荒波を思って、望郷の念を募らせている作者が見える。二首目の、北前船の船頭として職に殉じた母方曽祖父は、作者のひそかなる誇りである。一方、三首目に描かれた父の愛すべき朴訥さは作者と重なるものがある。

・裏山に今もぼんやり生えている電信柱はわれかも知れず
・湯豆腐は鍋に揺れつつ　的はずれの返事をしては疎まれている
・告げられし辛き言葉もともかくも持ち帰り来て時計をはずす
・心底に鎮めて闇を持ち歩く　風になずめるシオカラトンボ
・だんだん勝手に生きているなり葉桜のみどり滴る下をゆきつつ

「ぼんやり」「的外れ」という語に象徴されるように、時として、この作者の自画像は、自省の色合いの強いものとなる。そして、三首目のような、被虐を匂わせる歌が他にもあり、四首目からは、いつも心に何か重いものをひきずってきた様子が窺える。だが無論、歌の鑑賞においてその中身を問う必要はない。

そんな中で、「だんだん勝手に」の歌に出会い、作者の心境になんらかの変化があることに気付かされた。これは小気味よい居直りの歌ではないか。

・振り向けば銀鼠いろに光りいる太平洋の忘我うつくし
・夏ぞらにすごき雷雲あらわれて陶然として驟雨きたりぬ
・窓の向こうの遠やまなみを染めあげて恍惚とあり今日の落日

これらの叙景歌にも注目した。「忘我」「陶然」「恍惚」などの語は景について述べられたものであり、自身のことではないのだが、こうした自然詠にこそ、自愛の気持ちが潜んでいるのではないか。父や姑との死別、子等の結婚、転居、退職など、人生の大事をいくつも経験したこの時期を経て、ようやく作者の内なる何かがふっきれ、自己肯定の方向に針が振れてきた、そんなふうに思えてならない。

・あかときの夢の海にてひたひたと鰭うちたたき泳ぎていたり
・夢の中の母は若くて鶸いろの風呂敷づつみを抱えていたり

陶酔感といえば、夢の歌も見落とせない。一首目にはシュールでぞくぞくするような艶な気分が漂う。二首目には、母へのあこがれが美しく形象化されている。この歌人の歌は、幾許かの甘美さを伴う時に、より一層輝きをますと、あらためて思った。

・ねばねばのモロヘイヤなど食べている　もののはずみに老年は来て
・壊れたる部分部分をつくろいて歳月わたる身体を保つ
・うち臥して思うならねど借り物のようなりどこに居てもわたしは
・手を伸べて拭えばすっと消えそうな半月がありビルの肩さき
・立ち枯れの葦の林を分けてゆくカルガモの胸痒くはないか
・ふるさとは遠きにありて歳月の隙間おりふし浸しくるもの
・ガラス張りの大きな窓は明るくて覗き込ましむ都心の淵を

本集における新機軸の作品と思われるものをここに挙げてみた。

まずは「老」の歌。一首目はある時不意に襲ってきた加齢の感慨、二首目は肉体的な衰えの実感である。この他、息子や犬の老いまでがテーマになるところを見ると、この作者の場合、「老」は、まだ歎きというほどのものではなく、生々流転を実感する契機に過ぎないようだ。三首目には日本古来の無常観が直観的に詠まれている。上句は中古の物語の中の女を連想させ、下句との心憎い照応を見せる。

四首目、五首目は視覚でとらえていながら、まるで体性感覚が掛け合わされたような立体的な表現である。「手をのべて拭えばすっと消えそうな」からは、何ともいえぬ無力感と寂しさが伝わってくる。「カルガモの胸痒くはないか」は斬新で、しかも説得力がある。

六、七首目は詩的な時間空間をきりとった作品。故郷は、日常の中にひたひたと浸みいってきて、今にして作者を切なくさせる。「都心の淵」は、高層の窓から見た奈落であろうか。こうして、一冊毎に表現の巾を広げてゆく旺盛な作歌精神には、感服するばかりだ。

・あずさゆみ春うららの二月尽　犬を洗って今日はおしまい

・ものかげに見ているようななつかしさ乗換駅にいるメール来て

・母の実家の蔵のま中に黒ひかる錠前ありきガチャガチャ開けぬ

・ここにきて淀める水のさびしかり紆余曲折の坂東太郎

文体にも少々触れておこう。概してストイックな印象ではあるが、一首目の枕詞、二首目の比喩、三首目のオノマトペに代表される修辞も、巧みを感じさせない巧みといった趣で用いられている。

また主観語が意外に多く、例えば「さびし」のある歌は十首余あったが、それぞれにぬきさしならない表現として使われている。

・思い出したように雪降る一日なり夕かたまけて花水替うる

・机《き》の上に雫のように散らばれるゼムクリップをかき寄せている

・ときどきは使われてまたペン立てに戻る物さしいつも斜めに
・階段のなき暮らしして階段に坐ってぼんやりすることのなし

一首目、どこにも力が入っていない、何も説明しない、ただ雪の一日と自らの動作をさらっと描写しているだけで、滲みでるような豊かな詩情がある。二首目からは、ゼムクリップの視覚的な美しさ、さらさらした音や手触りまでも伝わり、哀感がある。ものさしの歌は「斜めに」が象徴的、そして最後の一首からは、夢みるようにかつての家の階段に腰かけていた作者のシルエットと、その空間を失ってしまった現在の喪失感、寂しさが二重写しに見える。

　つまり今、作者にとって最もこだわりがあるのは、写実をベースとして「物に即いて」平明に詠むこと、まさにあとがきに書かれた「〈自然体の歌〉ということを心がけていますが、どこかで詩と交叉できるものになればと思っています」ということなのだろう。テクニックを既に十分身につけている作者がそこを脱して、決然と自然体の歌に向かって進もうとする姿勢を、この一冊に見たと思った。

　われらが丸山三枝子選者の、か細いけれど、強靱な精神力を秘めた背中に、後進の熱い視線が注がれている。

（「香蘭」二〇一三年一一月号）

二つの風土のはざまに

——歌集『歳月の隙間』評

森山晴美

七月に開かれた「丸山三枝子歌集『歳月の隙間』を読む会」では、私の前に発表した小林幸子さんが、長年の同行者のもつ縁側からまわって腰を下ろすような旧知の親しさと詳しさで、一首一首の丁寧な歌評を行った。これに対し私の読みは、この歌集から見えてくる範囲に限定されていることをお断りしなければならない。

それでも歌集にひそむテーマの取り上げ方などは、おのずと共通してくる。まず書名にもなった一首を含む故郷の歌の一群が、歌集の基調の一つとなっていることは異論がないだろう。

　ふるさとは遠きにありて歳月の隙間おりふし浸しくるもの

　来てみればほとほと古色蒼然と古里はあり父母を老いしめ

　葬るとは人に酔うこと暗澹と死にゆきたりし父のほとりに

　うち連れて尋ねし北の小き寺にしぐれてありぬ佐平次の墓

　さしかかるよしきり橋は片翳り置き去りの母おもえとぞ言う

　時々は取り出してきて確かめる鍵をかけおく心というべし

傍点はこの歌集のキーワードと思う言葉である。能登の風土、一族の歴史、父の死と一人残る母。ふるさとは遠いが根っこで繋がり、時折痛切となる。五首目の「置き去り」にしたと思う母への思いがそれだ。六首目の歌も例えばこのことに呼応させて読めば、秘めた悲しみとして、より具体的に味わうことができる。

次に、日常にあってふっと出会う隙間のようなも

のを捉えた歌。ここに丸山さんの詩的な感性がよく見えると私は思った。例えば

ドア開けて入らんとする隙間より何かがすっと出でてゆきたり
あかときの夢の海にてひたひたと鰭うちたたき泳ぎていたり
机《き》の上に雫のように散らばれるゼムクリップをかき寄せている
茶房にてなに待ちいしか判らなくなる頃ひょいと娘あらわる
するすると天空よりぞ降り立ちしごときトーチカ草生の中に

などの歌で、日常や夢の中に、一瞬の錯覚のようなものを捉え、それを美として楽しんでいる。それは眼前の現実から離脱したいときなどに、よく起こるものだろう。隙間、という語がその糸口を表しているようでもある。

この歌集には数少ないが職場を詠んだシリアスな歌もあり、作者の経験の中の痛切なものとして見逃すことができない。

オフィスに幾春秋を逝かしめておりふし聞こゆもういいよ、もう
新会社設立の事務に翻弄され転籍となりたるわが位置

大事な歳月を費やした果てに、所詮組織の歯車だったと思い知らされた経験は、作者の深い所に翳を落としただろう。もういい、とか、どうってことはなかった、という一種の無常感がそこから生れ、

『樗風集』昭和十三年六月十五日発行定價貳圓參拾錢
ある日つとここに立て掛けられしまま草臥れはてて竹箒ある
山門の六百年の大欅どうってことはなかった

と言う
何の樹であったか忘れてしまったと切株が言
う蟻を這わせて

のように結社の草創期を思う心や山門の大樹とも繋がり、長いスパンでものを見る視線が形作られてゆく。それは現実を超克しようとする一つの姿勢といっていい。

どうすればよかったのかどうしても駄目だっ
たのか葉桜の闇
うち臥して思うならねど借り物のようなりど
こに居てもわたしは
はすかいに天をさす鳥　口にしても口にせず
ともわたしは悔いる
心底に鎮めて闇を持ち歩く　風になずめるシ
オカラトンボ
ぼんやりとしたる視界を託ちつつ自由とはよ
く見ゆることかな

それでも日々思い迷い、振り返ってわが心を絞るのが人間だ。その逡巡と悩みに親近感を覚える。それはよりよく生き、自由に生きたいという願望の表れにほかならないからだ。五首目の歌は「自由」という題で「十月」に載った歌で、私はその時の批評担当者だったので記憶しているが、上句は作者がこのころに目を病んだことから来ているかもしれないし、比喩の歌と見てもいい。

だんだん勝手に生きているなり葉桜のみどり
滴る下をゆきつつ
流れ去る車窓の風景と思えばいい今年の我の
いろいろのこと
べらぼうにうつくしい桜吹雪が吉野のそらを
隈どるだろう
黒木さんのサンダルはいて内灘の日暮れのみ
ちをぺたぺた歩く
石段を登りつめれば峠なり　天のまほらにも

の忘れする

あずさゆみ春うらうらの二月尽　犬を洗って今日はおしまい

この歌集で作者が獲得しているのは、こうした奔放とも見える表現である。それは案外ふだんの作者の裏返しであるのかもしれないのだが、のびのびした口語調や「べらぼうに」「ぺたぺた」などの思い切った語が不快でない。なかんづく最後の二首の放我、無心には、作者と共に読者もいやされる。

そして最後に、作者が今住む手賀沼の自然を詠んだ歌がある。

思い思いにいるたくさんの水鳥を容れて静かなり冬の手賀沼

ここにきて淀める水のさびしかり紆余曲折の坂東太郎

だしぬけに振り向きてまた「ら」の形に涼しく立てる水鳥となる

この辻でおまえはいつも思案する　蘇芳の花がつぶつぶあかい

曳かれゆく犬　引きてゆく犬　水べりを今日ゆくどれも老犬と思う

手賀沼の上にかぶさる曇天と牽きあうわれのこころと思う

毎日犬を連れて沼のほとりを散歩するのであろう。沼や犬が長年慣れたものとしてしっとりと深く描かれている。老犬の多い、水べりの静かな住宅圏という現在の環境にあって、日々晴天や「曇天と牽きあうわれのこころ」がこの歌集の世界なのだ。

それはまた冒頭のふるさとの風土に繋がり、二つの風土の間に身を置く作者の姿として明確に浮かび上がってくるのである。

（「香蘭」二〇一三年一一月号）

丸山三枝子歌集　　現代短歌文庫第157回配本

2021年6月28日　初版発行

著者　丸山三枝子
発行者　田村雅之
発行所　砂子屋書房
〒101-0047 東京都千代田区内神田3-4-7
電話　03－3256－4708
Fax　03－3256－4707
振替　00130－2－97631
http://www.sunagoya.com

装本・三嶋典東

現代短歌文庫

（　）は解説文の筆者

①三枝浩樹歌集
『朝の歌』全篇
②佐藤通雅歌集（細井剛）
『薄明の谷』全篇
③高野公彦歌集（河野裕子・坂井修一）
『汽水の光』全篇
④三枝昻之歌集（山中智恵子・小高賢）
『水の覇権』全篇
⑤阿木津英歌集（笠原伸夫・岡井隆）
『紫木蓮まで・風舌』全篇
⑥伊藤一彦歌集（塚本邦雄・岩田正）
『瞑鳥記』全篇
⑦小池光歌集（大辻隆弘・川野里子）
『バルサの翼』『廃駅』全篇
⑧石田比呂志歌集（玉城徹・岡井隆他）
『無用の歌』全篇
⑨永田和宏歌集（高安国世・吉川宏志）
『メビウスの地平』全篇
⑩河野裕子歌集（馬場あき子・坪内稔典他）
『森のやうに獣のやうに』『ひるがほ』全篇
⑪大島史洋歌集（田中佳宏・岡井隆）
『藍を走るべし』全篇
⑫雨宮雅子歌集（春日井建・田村雅之他）
『悲神』全篇
⑬稲葉京子歌集（松永伍一・水原紫苑）
『ガラスの檻』全篇
⑭時田則雄歌集（大金義昭・大塚陽子）
『北方論』全篇
⑮蒔田さくら子歌集（後藤直二・中地俊夫）
『森見ゆる窓』全篇
⑯大塚陽子歌集（伊藤一彦・菱川善夫）
『遠花火』『酔芙蓉』全篇
⑰百々登美子歌集（桶谷秀昭・原田禹雄）
『盲目木馬』全篇
⑱岡井隆歌集（加藤治郎・山田富士郎他）
『鷲卵亭』『人生の視える場所』全篇
⑲玉井清弘歌集（小高賢）
『久露』全篇
⑳小高賢歌集（馬場あき子・日高堯子他）
『耳の伝説』『家長』全篇
㉑佐竹彌生歌集（安永蕗子・馬場あき子他）
『天の螢』全篇
㉒太田一郎歌集（いいだもも・佐伯裕子他）
『墳』『蝕』『獵』全篇

現代短歌文庫

（　）は解説文の筆者

㉓春日真木子歌集（北沢郁子・田井安曇他）
『野菜涅槃図』全篇
㉔道浦母都子歌集（大原富枝・岡井隆）
『無援の抒情』『水憂』『ゆうすげ』全篇
㉕山中智恵子歌集（吉本隆明・塚本邦雄他）
『夢之記』全篇
㉖久々湊盈子歌集（小島ゆかり・樋口覚他）
『黒鍵』全篇
㉗藤原龍一郎歌集（小池光・三枝昻之他）
『夢みる頃を過ぎても』『東京哀傷歌』全篇
㉘花山多佳子歌集（永田和宏・小池光他）
『樹の下の椅子』『楕円の実』全篇
㉙佐伯裕子歌集（阿木津英・三枝昻之他）
『未完の手紙』全篇
㉚島田修三歌集（筒井康隆・塚本邦雄他）
『晴朗悲歌集』全篇
㉛河野愛子歌集（近藤芳美・中川佐和子他）
『黒羅』『夜は流れる』『光ある中に』（抄）他
㉜松坂弘歌集（塚本邦雄・由良琢郎他）
『春の雷鳴』全篇
㉝日高堯子歌集（佐伯裕子・玉井清弘他）
『野の扉』全篇
㉞沖なも歌集（山下雅人・玉城徹他）
『衣裳哲学』『機知の足首』全篇
㉟続・小池光歌集（河野美砂子・小澤正邦）
『日々の思い出』『草の庭』全篇
㊱続・伊藤一彦歌集（築地正子・渡辺松男）
『青の風土記』『海号の歌』全篇
㊲北沢郁子歌集（森山晴美・富小路禎子）
『その人を知らず』を含む十五歌集抄
㊳栗木京子歌集（馬場あき子・永田和宏他）
『水惑星』『中庭』全篇
㊴外塚喬歌集（吉野昌夫・今井恵子他）
『喬木』全篇
㊵今野寿美歌集（藤井貞和・久々湊盈子他）
『世紀末の桃』全篇
㊶来嶋靖生歌集（篠弘・志垣澄幸他）
『笛』『雷』全篇
㊷三井修歌集（池田はるみ・沢口芙美他）
『砂の詩学』全篇
㊸田井安曇歌集（清水房雄・村永大和他）
『木や旗や魚らの夜に歌った歌』全篇
㊹森山晴美歌集（島田修二・水野昌雄他）
『グレコの唄』全篇

現代短歌文庫

（　）は解説文の筆者

㊺上野久雄歌集（吉川宏志・山田富士郎他）
『夕鮎』抄、『バラ園と鼻』抄他

㊻山本かね子歌集（蒔田さくら子・久々湊盈子他）
『ものどらま』を含む九歌集抄

㊼松平盟子歌集（米川千嘉子・坪内稔典他）
『青夜』『シュガー』全篇

㊽大辻隆弘歌集（小林久美子・中山明他）
『水廊』『抱擁韻』全篇

㊾秋山佐和子歌集（外塚喬・一ノ関忠人他）
『羊皮紙の花』全篇

㊿西勝洋一歌集（藤原龍一郎・大塚陽子他）
『コクトーの声』全篇

51 青井史歌集（小高賢・玉井清弘他）
『月の食卓』全篇

52 加藤治郎歌集（永田和宏・米川千嘉子他）
『昏睡のパラダイス』『ハレアカラ』全篇

53 秋葉四郎歌集（今西幹一・香川哲三）
『極光―オーロラ』全篇

54 奥村晃作歌集（穂村弘・小池光他）
『鴇色の足』全篇

55 春日井建歌集（佐佐木幸綱・浅井愼平他）
『友の書』全篇

56 小中英之歌集（岡井隆・山中智恵子他）
『わがからんどりえ』『翼鏡』全篇

57 山田富士郎歌集（島田幸典・小池光他）
『アビー・ロードを夢みて』『羚羊譚』全篇

58 続・永田和宏歌集（岡井隆・河野裕子他）
『華氏』『饗庭』全篇

59 坂井修一歌集（伊藤一彦・谷岡亜紀他）
『群青層』『スピリチュアル』全篇

60 尾崎左永子歌集（伊藤一彦・栗木京子他）
『彩紅帖』全篇『さるびあ街』（抄）他

61 続・尾崎左永子歌集（篠弘・大辻隆弘他）
『春雪ふたたび』『星座空間』全篇

62 続・花山多佳子歌集（なみの亜子）
『草舟』『空合』全篇

63 山埜井喜美枝歌集（菱川善夫・花山多佳子他）
『はらりさん』全篇

64 久我田鶴子歌集（高野公彦・小守有里他）
『転生前夜』全篇

65 続々・小池光歌集
『時のめぐりに』『滴滴集』全篇

66 田谷鋭歌集（安立スハル・宮英子他）
『水晶の座』全篇

現代短歌文庫

（　）は解説文の筆者

現代短歌文庫

（　）は解説文の筆者

⑧⑨田村広志歌集（渡辺幸一・前登志夫他）
『島山』全篇

⑨⓪入野早代子歌集（春日井建・栗木京子他）
『花凪』全篇

⑨①米川千嘉子歌集（日高堯子・川野里子他）
『夏空の櫂』『一夏』全篇

⑨②続・米川千嘉子歌集（栗木京子・馬場あき子他）
『たましひに着る服なくて』『一葉の井戸』全篇

⑨③桑原正紀歌集（吉川宏志・木畑紀子他）
『妻へ。千年待たむ』全篇

⑨④稲葉峯子歌集（岡井隆・美濃和哥他）
『杉並まで』全篇

⑨⑤松平修文歌集（小池光・加藤英彦他）
『水村』全篇

⑨⑥米口實歌集（大辻隆弘・中津昌子他）
『ソシュールの春』全篇

⑨⑦落合けい子歌集（栗木京子・香川ヒサ他）
『じゃがいもの歌』全篇

⑨⑧上村典子歌集（武川忠一・小池光他）
『草上のカヌー』全篇

⑨⑨三井ゆき歌集（山田富士郎・遠山景一他）
『能登往還』全篇

⑩⓪佐佐木幸綱歌集（伊藤一彦・谷岡亜紀他）
『アニマ』全篇

⑩①西村美佐子歌集（坂野信彦・黒瀬珂瀾他）
『猫の舌』全篇

⑩②綾部光芳歌集（小池光・大西民子他）
『水晶の馬』『希望園』全篇

⑩③金子貞雄歌集（津川洋三・大河原惇行他）
『邑城の歌が聞こえる』全篇

⑩④続・藤原龍一郎歌集（栗木京子・香川ヒサ他）
『嘆きの花園』『19××』全篇

⑩⑤遠役らく子歌集（中野菊夫・水野昌雄他）
『白馬』全篇

⑩⑥小黒世茂歌集（山中智恵子・古橋信孝他）
『猿女』全篇

⑩⑦光本恵子歌集（疋田和男・水野昌雄）
『薄氷』全篇

⑩⑧雁部貞夫歌集（堺桜子・本多稜）
『崑崙行』抄

⑩⑨中根誠歌集（来嶋靖生・大島史洋雄他）
『境界』全篇

⑪⓪小島ゆかり歌集（山下雅人・坂井修一他）
『希望』全篇

現代短歌文庫

（　）は解説文の筆者

111 木村雅子歌集（来嶋靖生・小島ゆかり他）
『星のかけら』全篇

112 藤井常世歌集（菱川善夫・森山晴美他）
『氷の貌』全篇

113 続々・河野裕子歌集
『季の栞』『庭』全篇

114 大野道夫歌集（佐佐木幸綱・田中綾他）
『春吾秋蟬』全篇

115 池田はるみ歌集（岡井隆・林和清他）
『妣が国大阪』全篇

116 続・三井修歌集（中津昌子・柳宣宏他）
『風紋の島』全篇

117 王紅花歌集（福島泰樹・加藤英彦他）
『夏暦』全篇

118 春日いづみ歌集（三枝昂之・栗木京子他）
『アダムの肌色』全篇

119 桜井登世子歌集（小高賢・小池光他）
『夏の落葉』全篇

120 小見山輝歌集（山田富士郎・渡辺護他）
『春傷歌』全篇

121 源陽子歌集（小池光・黒木三千代他）
『透過光線』全篇

122 中野昭子歌集（花山多佳子・香川ヒサ他）
『草の海』全篇

123 有沢螢歌集（小池光・斉藤斎藤他）
『ありすの杜へ』全篇

124 森岡貞香歌集
『白蛾』『珊瑚數珠』『百乳文』全篇

125 桜川冴子歌集（小島ゆかり・栗木京子他）
『月人壮子』全篇

126 柴田典昭歌集（小笠原和幸・井野佐登他）
『樹下逍遙』全篇

127 続・森岡貞香歌集
『黛樹』『夏至』『敷妙』全篇

128 角倉羊子歌集（小池光・小島ゆかり）
『テレマンの笛』全篇

129 前川佐重郎歌集（喜多弘樹・松平修文他）
『彗星紀』全篇

130 続・坂井修一歌集（栗木京子・内藤明他）
『ラビュリントスの日々』『ジャックの種子』全篇

131 新選・小池光歌集
『静物』『山鳩集』全篇

132 尾崎まゆみ歌集（馬場あき子・岡井隆他）
『微熱海域』『真珠鎖骨』全篇

現代短歌文庫

（　）は解説文の筆者

現代短歌文庫

（　）は解説文の筆者

⑮富田豊子歌集（小中英之・大岡信他）
『漂鳥』『薊野』全篇

⑯小林幹也歌集（和田大象・吉川宏志他）
『裸子植物』全篇

（以下続刊）

水原紫苑歌集　　篠弘歌集

馬場あき子歌集　　黒木三千代歌集

砂子屋書房 刊行書籍一覧（歌集・歌書）

2024年８月現在

＊御入用の書籍がございましたら、直接弊社あてにお申し込みください。
　代金後払い、送料当社負担にて発送いたします。

	著者名	書名	定価
1	阿木津　英	『阿木津　英 歌集』現代短歌文庫5	1,650
2	阿木津　英 歌集	『黄　鳥』	3,300
3	阿木津　英 著	『アララギの釋迢空』＊日本歌人クラブ評論賞	3,300
4	秋山佐和子	『秋山佐和子歌集』現代短歌文庫49	1,650
5	秋山佐和子歌集	『西方の樹』	3,300
6	雨宮雅子	『雨宮雅子歌集』現代短歌文庫12	1,760
7	池田はるみ	『池田はるみ歌集』現代短歌文庫115	1,980
8	池本一郎	『池本一郎歌集』現代短歌文庫83	1,980
9	池本一郎歌集	『萱鳴り』	3,300
10	石井辰彦	『石井辰彦歌集』現代短歌文庫151	2,530
11	石田比呂志	『続 石田比呂志歌集』現代短歌文庫71	2,200
12	石田比呂志歌集	『邯鄲線』	3,300
13	一ノ関忠人歌集	『さねさし曇天』	3,300
14	一ノ関忠人歌集	『木ノ葉揺落』	3,300
15	伊藤一彦	『伊藤一彦歌集』現代短歌文庫6	1,650
16	伊藤一彦	『続 伊藤一彦歌集』現代短歌文庫36	2,200
17	伊藤一彦	『続々 伊藤一彦歌集』現代短歌文庫162	2,200
18	今井恵子	『今井恵子歌集』現代短歌文庫67	1,980
19	今井恵子 著	『ふくらむ言葉』	2,750
20	魚村晋太郎歌集	『銀　耳』（新装版）	2,530
21	江戸　雪 歌集	『空　白』	2,750
22	大下一真歌集	『月　食』＊若山牧水賞	3,300
23	大辻隆弘	『大辻隆弘歌集』現代短歌文庫48	1,650
24	大辻隆弘歌集	『橡（つるばみ）と石垣』	3,300
25	大辻隆弘歌集	『景徳鎮』＊斎藤茂吉短歌文学賞	3,080
26	岡井　隆	『岡井　隆 歌集』現代短歌文庫18	1,602
27	岡井　隆 歌集	『馴鹿時代今か来向かふ』（普及版）＊読売文学賞	3,300
28	岡井　隆 歌集	『阿婆世（あばな）』	3,300
29	岡井　隆 著	『新輯 けさのことば Ⅰ・Ⅱ・Ⅲ・Ⅳ・Ⅵ・Ⅶ』	各3,850
30	岡井　隆 著	『新輯 けさのことば Ⅴ』	2,200
31	岡井　隆 著	『今から読む斎藤茂吉』	2,970
32	沖　ななも	『沖ななも歌集』現代短歌文庫34	1,650
33	尾崎左永子	『尾崎左永子歌集』現代短歌文庫60	1,760
34	尾崎左永子	『続 尾崎左永子歌集』現代短歌文庫61	2,200
35	尾崎左永子歌集	『椿くれなゐ』	3,300
36	尾崎まゆみ	『尾崎まゆみ歌集』現代短歌文庫132	2,200
37	柏原千恵子歌集	『彼　方』	3,300
38	梶原さい子歌集	『リアス／椿』＊葛原妙子賞	2,530
39	梶原さい子歌集	『ナラティブ』	3,300
40	梶原さい子	『梶原さい子歌集』現代短歌文庫138	1,980

	著者名	書名	定価
41	春日いづみ	『春日いづみ歌集』現代短歌文庫118	1,650
42	春日真木子	『春日真木子歌集』現代短歌文庫23	1,650
43	春日真木子	『続 春日真木子歌集』現代短歌文庫134	2,200
44	春日井 建	『春日井 建 歌集』現代短歌文庫55	1,760
45	加藤治郎	『加藤治郎歌集』現代短歌文庫52	1,760
46	雁部貞夫	『雁部貞夫歌集』現代短歌文庫108	2,200
47	川野里子歌集	『歓 待』＊読売文学賞	3,300
48	河野裕子	『河野裕子歌集』現代短歌文庫10	1,870
49	河野裕子	『続 河野裕子歌集』現代短歌文庫70	1,870
50	河野裕子	『続々 河野裕子歌集』現代短歌文庫113	1,650
51	来嶋靖生	『来嶋靖生歌集』現代短歌文庫41	1,980
52	紀野 恵 歌集	『遣唐使のものがたり』	3,300
53	木村雅子	『木村雅子歌集』現代短歌文庫111	1,980
54	久我田鶴子	『久我田鶴子歌集』現代短歌文庫64	1,650
55	久我田鶴子 著	『短歌の〈今〉を読む』	3,080
56	久我田鶴子歌集	『菜種梅雨』＊日本歌人クラブ賞	3,300
57	久々湊盈子	『久々湊盈子歌集』現代短歌文庫26	1,650
58	久々湊盈子	『続 久々湊盈子歌集』現代短歌文庫87	1,870
59	久々湊盈子歌集	『世界黄昏』	3,300
60	黒木三千代歌集	『草の譜』	3,300
61	小池 光 歌集	『サーベルと燕』＊現代短歌大賞・詩歌文学館賞	3,300
62	小池 光	『小池 光 歌集』現代短歌文庫7	1,650
63	小池 光	『続 小池 光 歌集』現代短歌文庫35	2,200
64	小池 光	『続々 小池 光 歌集』現代短歌文庫65	2,200
65	小池 光	『新選 小池 光 歌集』現代短歌文庫131	2,200
66	河野美砂子歌集	『ゼクエンツ』＊葛原妙子賞	2,750
67	小島熱子	『小島熱子歌集』現代短歌文庫160	2,200
68	小島ゆかり歌集	『さくら』	3,080
69	五所美子歌集	『風 師』	3,300
70	小高 賢	『小高 賢 歌集』現代短歌文庫20	1,602
71	小高 賢 歌集	『秋の茱萸坂』＊寺山修司短歌賞	3,300
72	小中英之	『小中英之歌集』現代短歌文庫56	2,750
73	小中英之	『小中英之全歌集』	11,000
74	小林幸子歌集	『場所の記憶』＊葛原妙子賞	3,300
75	今野寿美歌集	『さくらのゆゑ』	3,300
76	さいとうなおこ	『さいとうなおこ歌集』現代短歌文庫171	1,980
77	三枝昻之	『三枝昻之歌集』現代短歌文庫4	1,650
78	三枝昻之歌集	『遅速あり』＊迢空賞	3,300
79	三枝昻之ほか著	『昭和短歌の再検討』	4,180
80	三枝浩樹	『三枝浩樹歌集』現代短歌文庫1	1,870
81	三枝浩樹	『続 三枝浩樹歌集』現代短歌文庫86	1,980
82	佐伯裕子	『佐伯裕子歌集』現代短歌文庫29	1,650
83	佐伯裕子歌集	『感傷生活』	3,300
84	坂井修一	『坂井修一歌集』現代短歌文庫59	1,650
85	坂井修一	『続 坂井修一歌集』現代短歌文庫130	2,200

	著者名	書名	定価
86	酒井佑子歌集	『空よ』	3,300
87	佐佐木幸綱	『佐佐木幸綱歌集』現代短歌文庫100	1,760
88	佐佐木幸綱歌集	『ほろほろとろとろ』	3,300
89	佐竹彌生	『佐竹弥生歌集』現代短歌文庫21	1,602
90	志垣澄幸	『志垣澄幸歌集』現代短歌文庫72	2,200
91	篠　弘	『篠　弘 全歌集』＊毎日芸術賞	7,700
92	篠　弘 歌集	『司会者』	3,300
93	島田修三	『島田修三歌集』現代短歌文庫30	1,650
94	島田修三歌集	『帰去来の声』	3,300
95	島田修三歌集	『秋隣小曲集』＊小野市詩歌文学賞	3,300
96	島田幸典歌集	『駅　程』＊寺山修司短歌賞・日本歌人クラブ賞	3,300
97	高野公彦	『高野公彦歌集』現代短歌文庫3	1,650
98	髙橋みずほ	『髙橋みずほ歌集』現代短歌文庫143	1,760
99	田中　槐 歌集	『サンボリ酢ム』	2,750
100	谷岡亜紀	『谷岡亜紀歌集』現代短歌文庫149	1,870
101	谷岡亜紀	『続 谷岡亜紀歌集』現代短歌文庫166	2,200
102	玉井清弘	『玉井清弘歌集』現代短歌文庫19	1,602
103	築地正子	『築地正子全歌集』	7,700
104	時田則雄	『続 時田則雄歌集』現代短歌文庫68	2,200
105	百々登美子	『百々登美子歌集』現代短歌文庫17	1,602
106	外塚　喬	『外塚　喬 歌集』現代短歌文庫39	1,650
107	富田睦子歌集	『声は霧雨』	3,300
108	内藤　明 歌集	『三年有半』	3,300
109	内藤　明 歌集	『薄明の窓』＊迢空賞	3,300
110	内藤　明	『内藤　明 歌集』現代短歌文庫140	1,980
111	内藤　明	『続 内藤　明 歌集』現代短歌文庫141	1,870
112	中川佐和子	『中川佐和子歌集』現代短歌文庫80	1,980
113	中川佐和子	『続 中川佐和子歌集』現代短歌文庫148	2,200
114	永田和宏	『永田和宏歌集』現代短歌文庫9	1,760
115	永田和宏	『続 永田和宏歌集』現代短歌文庫58	2,200
116	永田和宏ほか著	『斎藤茂吉―その迷宮に遊ぶ』	4,180
117	永田和宏歌集	『日　和』＊山本健吉賞	3,300
118	永田和宏 著	『私の前衛短歌』	3,080
119	永田　紅 歌集	『いま二センチ』＊若山牧水賞	3,300
120	永田　淳 歌集	『竜骨（キール）もて』	3,300
121	なみの亜子歌集	『そこらじゅう空』	3,080
122	成瀬　有	『成瀬　有 全歌集』	7,700
123	花山多佳子	『花山多佳子歌集』現代短歌文庫28	1,650
124	花山多佳子	『続 花山多佳子歌集』現代短歌文庫62	1,650
125	花山多佳子	『続々 花山多佳子歌集』現代短歌文庫133	1,980
126	花山多佳子歌集	『胡瓜草』＊小野市詩歌文学賞	3,300
127	花山多佳子歌集	『三本のやまぼふし』	3,300
128	花山多佳子 著	『森岡貞香の秀歌』	2,200
129	馬場あき子歌集	『太鼓の空間』	3,300
130	馬場あき子歌集	『渾沌の鬱』	3,300

	著 者 名	書 名	定 価
131	浜名理香歌集	『くさかむり』	2,750
132	林 和清	『林 和清 歌集』現代短歌文庫147	1,760
133	日高堯子	『日高堯子歌集』現代短歌文庫33	1,650
134	日高堯子歌集	『水衣集』＊小野市詩歌文学賞	3,300
135	福島泰樹歌集	『空襲ノ歌』	3,300
136	藤原龍一郎	『藤原龍一郎歌集』現代短歌文庫27	1,650
137	藤原龍一郎	『続 藤原龍一郎歌集』現代短歌文庫104	1,870
138	本田一弘	『本田一弘歌集』現代短歌文庫154	1,980
139	前 登志夫歌集	『流 轉』＊現代短歌大賞	3,300
140	前川佐重郎	『前川佐重郎歌集』現代短歌文庫129	1,980
141	前川佐美雄	『前川佐美雄全集』全三巻	各13,200
142	前田康子歌集	『黄あやめの頃』	3,300
143	前田康子	『前田康子歌集』現代短歌文庫139	1,760
144	蒔田さくら子歌集	『標のゆりの樹』＊現代短歌大賞	3,080
145	松平修文	『松平修文歌集』現代短歌文庫95	1,760
146	松平盟子	『松平盟子歌集』現代短歌文庫47	2,200
147	松平盟子歌集	『天の砂』	3,300
148	松村由利子歌集	『光のアラベスク』＊若山牧水賞	3,080
149	真中朋久	『真中朋久歌集』現代短歌文庫159	2,200
150	水原紫苑歌集	『光儀（すがた）』	3,300
151	道浦母都子	『道浦母都子歌集』現代短歌文庫24	1,650
152	道浦母都子	『続 道浦母都子歌集』現代短歌文庫145	1,870
153	三井 修	『三井 修 歌集』現代短歌文庫42	1,870
154	三井 修	『続 三井 修 歌集』現代短歌文庫116	1,650
155	森岡貞香	『森岡貞香歌集』現代短歌文庫124	2,200
156	森岡貞香	『続 森岡貞香歌集』現代短歌文庫127	2,200
157	森岡貞香	『森岡貞香全歌集』	13,200
158	柳 宣宏歌集	『施無畏（せむい）』＊芸術選奨文部科学大臣賞	3,300
159	柳 宣宏歌集	『丈 六』	3,300
160	山田富士郎	『山田富士郎歌集』現代短歌文庫57	1,760
161	山田富士郎歌集	『商品とゆめ』	3,300
162	山中智恵子	『山中智恵子全歌集』上下巻	各13,200
163	山中智恵子 著	『椿の岸から』	3,300
164	田村雅之編	『山中智恵子論集成』	6,050
165	吉川宏志歌集	『青 蟬』（新装版）	2,200
166	吉川宏志歌集	『燕 麦』＊前川佐美雄賞	3,300
167	吉川宏志	『吉川宏志歌集』現代短歌文庫135	2,200
168	米川千嘉子	『米川千嘉子歌集』現代短歌文庫91	1,650
169	米川千嘉子	『続 米川千嘉子歌集』現代短歌文庫92	1,980

＊価格は税込表示です。

砂子屋書房
〒101-0047 東京都千代田区内神田3-4-7
電話 03（3256）4708 FAX 03（3256）4707 振替 00130-2-97631
http://www.sunagoya.com